Priscilla Porto

AS VERDADES QUE AS MULHERES NÃO CONTAM

Crônicas

ícone
editora

© Copyright 2007.
Ícone Editora Ltda.

Ilustração da Capa
Aragão

Diagramação
Angelo de Bortoli Neto

Revisão
Rosa Maria Cury Cardoso

Dados Internacionais de Catalogação na Publicação (CIP)
(Câmara Brasileira do Livro, SP, Brasil)

Porto, Priscilla
    As verdades que as mulheres não contam : crônicas /
Priscilla Porto. — São Paulo : Ícone, 2007.

    ISBN 978-85-274-0941-4

    1. Crônicas brasileiras 2. Humorismo brasileiro
3. Mulheres - Comportamento I. Título.

07-5136   CDD-869.35

Índices para catálogo sistemático:

1. Crônicas : Literatura brasileira   869.35

Proibida a reprodução total ou parcial desta obra,
de qualquer forma ou meio eletrônico, mecânico,
inclusive através de processos xerográficos,
sem permissão expressa do editor
(Lei nº 9.610/98).

Todos os direitos reservados pela
ÍCONE EDITORA LTDA.
Rua Anhanguera, 56 – Barra Funda
CEP 01135-000 – São Paulo – SP
Tel./Fax.: (11) 3392-7771
www.iconeeditora.com.br
e-mail: iconevendas@iconeeditora.com.br

Índice

Cartão de descrédito, 5

E a dor de cabeça?, 7

Espelho, espelho, meu..., 11

Números... números... Que importam?, 13

Mamíferos, 15

Mulheres, cuidado! (Previnam-se contra o vírus do HQNP), 17

Miss Cana Brava, 19

? & ?, 23

Comidinha da mamãe, 25

Como sobreviver à fila de um Banco, 29

Carros & Chapinhas - O guia das futilidades, 31

Lei da gravidade, 35

O melhor amigo do homem, 39

11 coisas que as mulheres nunca deixam de fazer, 43

Curvas de nível, 45

Lavar roupa todo dia..., 49

Novo mundo, 53

O que as mulheres querem dos homens, 55

O grande encontro, 57

Deixa eu ver?, 61

À francesa, 65

Salvem os micos, mas se esqueçam das jararacas!, 69

O outro, 73

Você é preguiçoso?, 75

Simpatias, 77

Dia dos namorados macabro, 79

Os 5 presentes que uma namorada realmente gostaria de ganhar, 83

Os 6 presentes que um namorado também gostaria realmente de ganhar, 85

O homem e a mulher, 87

Sim, aceito, 89

Você não passa de um strogonoff, 91

Arranhãozinho de nada, 93

V & T Corporation, 97

Pela evolução do mundo, 99

CCM, 101

CCMis, Man!, 105

Bonita, eu? Brigada!, 109

Eu queria ser..., 113

Ligeiramente grávida, 117

CARTÃO DE DESCRÉDITO

Comprar roupas, para a maioria das mulheres (99,89%), é como viagra para homens mais velhos: massageia o ego, levanta a auto-estima e é absolutamente necessário.

Para Andreza – dona de casa, mãe de duas filhas – não poderia ser diferente. Para Paulo Sérgio – o marido, comerciante, pai de três filhos (opa!) – seria interessante que a estatística do parágrafo acima fosse bem mais baixa e, principalmente, que sua esposa não se incluísse nela.

Mas Andreza (também com esse nome!) amava comprar roupas, sapatos, brincos, pulseiras, anéis, bolsas... E, Paulo Sérgio até que gostava de ver a esposa bonita, bem arrumada e perfumada. Mas, nos últimos tempos, achou que ela andava exagerando:

– Ô, bem!

– Hum...

– Cê tá com algum problema?

– Eu?

– É, você.

– Por quê? Tô gorda? Tô caída? Tô...?

– Não, Andreza. Não é nada disso! É que estava olhando as contas e acho que você passou dos limites.

– Ai, benzinho! Desculpa. Foi por causa do casaco de visom?

– Bom, a gente tá no verão, né, bem. E também achei estranho você comprar seis talheres.

– Tailleur, benzinho.

– Que seja. E pra quê duas bolsas? Mais duas bolsas! Você já não tem um tanto de bolsas?

– 34.

– Pois, então!

– Ah, mas se comprasse só uma, eu ia ficar com 35 e cê sabe que eu não gosto de número ímpar, né?

"Pra quê uma mulher precisa de 36 bolsas?" – pensou Paulo Sérgio.

– Vai saber, – disse em voz alta.

– Você não sabe mais, benzinho? Já esqueceu? Ai, não acredito! Você não gosta mais de mim....

– Ô, meu bem. Não é isso. É que nesse mês eu tô meio apertado, tá tudo subindo, os clientes diminuindo...

– Tá bem, tá bem. Eu prometo que vou colaborar. Mas você tá lembrado que semana que vem tenho que comprar o material das meninas, né?

Uma semana depois:

– Andreza do céu!

– Que foi, Paulo Sérgio?

– Você não prometeu que ia colaborar comigo nas contas?

– Ah, benzinho. Cê sabe que eu não sou boa de promessas, né?

– Mas o que é isso? Comprar junto com a lista de material escolar das meninas, oito conjuntos de *lingerie*?

– Ué! Quatro conjuntos pra cada uma. Você queria que elas brigassem?

– E desde quando crianças de oito e nove anos precisam usar sutiã, Andreza?

– E desde quando eu tenho culpa dessas meninas de hoje serem todas precoces?

E A DOR DE CABEÇA?

"– Como é que vou dizer isso pra ele? Acho melhor dar um jeito de ficar com enxaqueca de verdade!"

Saiu, pegou um sol de 33 graus na cabeça, durante três horas e, nada!

Comeu, no meio do caminho, quatro pastéis gordurosos e bebeu dois sucos talvez até mais gordurosos e, nada!

"Justo hoje? No aniversário de três anos de casamento!"

Bem, é verdade que não era só hoje. Já fazia nove semanas que ela vinha enrolando e, descontando duas semanas de menstruação, há 49 dias que, nada! Quer dizer, nada é o que tinha para inventar agora. Pois já inventara tudo o que pudera para não fazer nada com o marido.

"Poxa! Como é que ele vai entender? Talvez se eu explicasse que vi na TV que depois de três anos que um casal tá junto, o tesão acaba, mas que isso não quer dizer que o amor acabou, pelo contrário, quer dizer que agora só ficou o amor. Só o amor?... Não! Nisso ele não vai acreditar."

Foi para o sol novamente e começou a ler. Mas, caramba! Nem o excesso de luminosidade, nem o complicado Dostoievski propiciaram-lhe uma dorzinha sequer!

Resolveu ir à casa da cunhada do tio da sogra da vizinha de sua melhor amiga. Explica-se: ela era a maior fofoqueira da cidade e, além disso, tinha a voz mais irritante do que uma sirene de polícia na ativa.

Conversaram durante 1 hora e 48 minutos, mas apesar de ter ficado sabendo que a Juliana do Zé Eustáquio estava grávida de um homem casado, que o Eduardo estava com hepatite C, que o tio-avô dela estava com câncer de próstata, e de ter ficado um pouco surda, com enxaqueca que é bom mesmo, nada! Voltou, desconsolada.

"Ai, só tenho mais uma chance!"

Mas quando ia colocar na boca o copo com leite talhado, ele chegou.

– Wagner?!

– Por que tanto susto?

– Chegou mais cedo?

– Não. São seis e meia.

– Nossa! Nem vi o tempo passar.

– E se chegasse? Não tenho um bom motivo?

– Não sei.

– Não?

– Sim!

– Sim ou não?

– Sim, tem.

– Olha o que eu trouxe pra você.

Espanta-se:

– Flores!

– E...

Desespera–se:

– *Lingerie* vermelha?

– Gostou?

– Adorei, mas...

– Mas?

"Meu Deus! Como é que ele vai acreditar que não estou com infecção urinária, não estou menstruada, não estou com diarréia, só não estou sentindo vontade nenhuma de transar?"

– É que fui ao médico hoje e ele disse que apesar de eu ter mil e um motivos pra comemorar nessa noite, justo nessa noite – olha só que sacanagem! – a gente não pode fazer nada, absolutamente, nada!

– O quê!?

– Bom, ele disse que ele acha que ele suspeita que eu estou ou vou ficar, se fizermos QUALQUER coisa nessa noite – cochicha: com muita dor de cabeça.

– E agora, Marina?

– Recomendações médicas, Wagner... Acho melhor não contrariar, né?

ESPELHO, ESPELHO, MEU...

– Como estou?

– Linda!

Que droga! Fiz relaxamento, hidratação profunda, escova, chapinha, sobrancelha, unha, buço e, ainda assim, ela está mais bonita do que eu! Droga!

Por mais que me arrume, sempre que chego na casa dessa des-gra-ça-da ela está mais bonita do que eu! Droga, droga, droga!

Quando eu cortava o cabelo curtinho e ninguém olhava pra mim, ela ficava o tempo todo passando a mão na crina de 60 cm, da raiz às pontas. Depois, passados uns dois anos, quando conseguia que meu cabelo, finalmente, atingisse 59 cm (medíamos com fita métrica) ela aparecia de chanel e fazia o maior sucesso!

Se eu engordava, ela só chegava perto de mim com a barriga de fora. Mas depois que eu fazia regime (e não comia nem o pão que o diabo amassou) todo mundo me perguntava se eu estava doente.

No entanto, apesar de tudo, éramos as melhores amigas!

Mesmo depois de passar todas as férias do ginásio em recuperação de matemática, física, química, português e geografia, enquanto ela passava semanas na praia.

Mesmo depois de comemorar meus 15 anos sentada num banco de igreja, compartilhando a missa com mais três finados de sétimo dia, e depois ainda ter que ver, cada uma das 342 fotos da viagem de comemoração dela, em Veneza.

Mesmo depois de saber que a primeira noite dela foi com direito a hidromassagem no motel e a minha com direito à beliche do meu primeiro namorado.

Ai, ai...

Às vezes, me pergunto porque meu pai foi se casar logo com minha mãe e morar justo ao lado da casa da mãe que foi se casar logo com o pai dela. Porque, se minha mãe tivesse se casado com outro pai ou se o pai dela tivesse escolhido outra mãe, as chances de morarmos bem distantes uma da outra seriam grandes e, as chances de sermos as piores inimigas, seriam maiores ainda!

Aí, não importaria o fato de ela gostar de verdade de jazz, blues e bossa nova e eu também gostar de verdade de axé, pagode e funk.

Nem o fato de ela adorar ler José Saramago, Guimarães Rosa e Tolstoi e eu adorar ver novela mexicana.

Muito menos o fato de ela fazer depilação a laser e eu usar mesmo a velha e boa gilete.

Talvez, se fôssemos inimigas, poderia ter derramado cerveja no vestido dela, no dia em que ela ficou com o menino mais cobiçado da escola. Antes de ela ficar, é claro!

Ou poderia ter modificado a nota dela de matemática, pelo menos em um ano, para ela fazer recuperação junto comigo.

Ou mesmo, poderia ter colocado fogo no cabelo dela, em plena aula de estudos religiosos.

Ai, ai...

Mas, no fundo no fundo, eu desconfio que ela é que tem um pouco (um pouquinho que seja) de inveja de mim. Afinal, as chances de eu ter inveja dela, no suposto mundo igualitário e paritário atual, são as mesmas chances de ela ter inveja também, ora! Nem que seja de outra pessoa.

Números...
Números...
Que importam?

No chão, uma calça. Na cabeceira da cama, uma saia.

Abraçada a ele, ela sentia que, finalmente, havia encontrado alguém especial.

Abraçado a ela, ele pensava em perguntá-la com quantos garotos ela já tinha ficado (na verdade, no fundo mesmo, a pergunta que ele queria fazer era outra).

Acabaram por adiar o momento. Ela, de ter que calçar as sandálias e colocar os pés no chão. Ele, de se arriscar a ouvir o que não queria.

Ela pediu que ele ligasse a TV e, ao ver a Adriana Calcanhoto cantar *Devolva-me* no *Altas Horas*, ele sentiu sua curiosidade se aguçar.

Ela lembrou-se de suas paixões passadas. Ele não tinha nenhuma para recordar. Ah! Mas como gostaria de saber das dela (bem, no fundo mesmo, gostaria é de saber outra coisa).

Ela lembrou-se que Tiago, por ser o primeiro, não tinha sido muito carinhoso.

Bruno fora o segundo, mas o primeiro na cama.

Rodrigo não gostava de conversar antes.

Victor não gostava de conversar depois (o que será que ele ficava pensando?).

Earley parecia apenas querer se esquecer de alguém.

Do Luciano e do Eduardo – Ai, Credo! – não gostava nem de se lembrar!

Já ele, não.

Teria gostado de se lembrar que com umas três foi bom porque elas eram muito bonitas. Com a Clara, porque ela já era bem experiente. Com umas cinco, porque apesar de não serem muito bonitas, elas eram muito gostosas. Com outras quatro...

– Caio.

– Oi?

– Com quantas mulheres você já transou?

– Hã?

– Eh... Com quantas mulheres você já fez amor?

– Três.

(Ah, essas mentiras que os homens contam!)

Era a oportunidade que ele tinha, mas todos sabem que quem pergunta o que quer, ouve o que não quer. Por isso, receiou um pouco. Só um pouco.

– E você? Quantos garotos já beijou?

– Ah, sei lá!

– Ué! Até perdeu a conta?

– Não. Quer dizer, agora assim eu não lembro.

– E...

– E?

– Eh... eu queria saber com quantos você já...

Patrícia levantou-se rápido e calçou as sandálias.

– Por quê?

– Ah, tô perguntando por perguntar. Nossa! Você ficou estranha. Foram tantos assim?

– Claro que não, né, Caio! É que daqueles dois eu prefiro nem me lembrar.

MAMÍFEROS

A Vaca vinha andando distraidamente quando avistou o Boi. Este, vinha do trabalho de comer grama no pasto. O pôr-do-sol por testemunha... Entreolharam-se. Rolou um sentimento.

Mas, ah!, a Vaca estava se sentindo meio gorda. E o Boi, meio passado. Ainda assim, aproximou-se e ruminou: "múúúúúúúúú".

A Vaca fingindo-se de égua, respondeu em mugidez: "Não tô entendendo". O Boi insistiu: "múúúúúúúúú". A Vaca, já tendo feito seu doce e, temendo ser o Boi diabético ou light-diet retribuiu.

Deram a primeira bicota. O Boi assanhou-se. A Vaca achou legal aquilo. Deram a segunda. O Boi assanhou-se mais ainda e agarrou a Vaca. Esta pensou: "Ah, eu tô muito afim!" e deixou o Boi avançar um pouquinho. Mas, de repente, a Vaca deu um olé no Boi, pois sabia que aquilo pegava mal. O Boi acabou concordando.

Resolveram namorar. Passaram a se encontrar todos os dias. Fofocavam sobre o gado vizinho, pastavam juntos e sonhavam, sempre juntos, que teriam bezerrinhos que mamariam o leite da Vaca e, poderiam ser os novos garotos propaganda da Itambé ou de uma futura Parmalat. Melhor, relançariam a moda da vaquinha. Talvez um pouco mais ousada.

Casaram-se, com direito a tudo, até churrasco!

Mas, certa vez, caminhavam pelo pasto de patinhas dadas quando passou por eles um Zebu da fazenda vizinha, o qual deu o maior mole pra recém-casada. E não é que depois de alguns dias, ela acabou pulando a cerca?

Ah! Mas o boi é um chifrudo mesmo e sua mulher, uma vaca!

MULHERES, CUIDADO! (PREVINAM-SE CONTRA O VÍRUS DO HQNP)

Algumas moçoilas por aí (ou não) têm que se prevenir contra o irrecuperável HQNP (o vírus do Homem Que Não Presta). Para isso, basta responderem o teste abaixo e ficarem conhecendo seu grau de vulnerabilidade ao mesmo:

1.º) Vocês estão juntos, o celular dele toca e, além de não dizer nenhuma vez o nome da pessoa do outro lado da linha, ao término da conversa, ele diz:
a) (   ) Tchau
b) (   ) Outro
c) (   ) Tudo certo
Resposta: Se você marcou letra b, atenção!

2.º) Ao passar uma mulher muito bonita ao lado de vocês, daquelas que parecem não ter nenhum defeito de fábrica, ele:
a) (   ) Olha
b) (   ) Comenta que ela se parece com você
c) (   ) Finge que não vê
Resposta: Se você marcou letra a, não se preocupe, pois até você olha quando uma mulher bonita passa. Pior é se marcou letra c, pois isso pode significar que além de safado ele seja também fingido.

3.º) Ele tem aversão ao trabalho. Mas, de repente, em plena sexta-feira à noite, ele se diz, entristecido, pois o chefe o mandou trabalhar no dia seguinte (sábado!) à noite. Então, ele:

a) (   ) Diz que pedirá demissão

b) (   ) Garante que não pode fazer nada

c) (   ) Promete que arranjará alguém pra trabalhar no seu lugar.

Resposta: Se você marcou letra b, cuidado!

4º) Vocês estão passeando abraçadinhos, num sábado à noite, e quando chegam na rua principal da cidade, ele:

a) (   ) Coloca as duas mãos no bolso

b) (   ) Continua andando abraçadinho com você

c) (   ) Deixa você ir à frente e anda atrás

Resposta: Caso a resposta seja a, há uma forte probabilidade de contaminação!

5.º) Em uma festa, você percebe que uma garota não tirou os olhos dele. Aí, quando vocês vão embora, mais cedo do que de costume, ele:

a) (   ) Te leva até à porta de casa como sempre

b) (   ) Diz que está cansado e só te levará até o meio do caminho

c) (   ) Hesita, mas acaba te levando

Resposta: Se a resposta foi b, vá preparando o remédio!

6.º) Ao te contar que o melhor amigo dele engravidou a namorada e que, por isso, terminou com ela, ele:

a) (   ) Repreende o amigo

b) (   ) Diz apenas "É complicado, né?"

c) (   ) Fica rindo

Resposta: Se marcou letra c, caia fora, agora!!! Pois, na verdade, ele tem é o vírus do HQNPM, ou seja, ele é um Homem Que Não Presta Mesmo!

MISS CANA BRAVA

"Só mais uma!" é o lema dos cachaceiros e das cachaceiras de hoje (Não! De sempre, né?). "Só mais umas duas, gente!" era o lema de Gabi. Isso quando estava longe de Eduardo, treze anos mais velho, evangélico e noivo da Maria Gabriela.

– Que Maria Gabriela, o quê!

– Uhuhuuuu! Maria...

– Pra mãe de Jesus falta só o véu!

– Ó, pó pará, gente. Meu nome é Gabi! E manda mais duas.

– Êta, mãe de Deus, hein, Gabi!

– Ah, não! Lembrei! Eu quero é um 'amigo maracujá'.

– Rá, rá, rá, rá, rá. Tá ruim mesmo! É 'caju amigo', sua tonta!

– Tonta, eu? Imagina, ó! Tô até conseguindo fazer um 5, ó, ó.

– Por falar nisso, que dia que é hoje, hein?

– Hoje é domingo! Dia da alegria, rá, rá, rá, rá, rá.

– Pô, Gabi! Em pleno domingo e você aqui sozinha? Cadê seu noivo, hein?

– Sei lá! Deve tá na igreja, pregando, cantando e berrando feito um louco.

– Ah, é? Pois já que ele está se divertindo lá no Reino de Deus, vamos nos divertir aqui também, no Reino de Baco.

– É isso aí!

– Uhuhuuuu!

– Peraí, gente! Eu vim aqui só fazer um social. Vim beber socialmente.

– E já tá quase virando sócia do dono do bar, né, santinha?

– Pois é, Gabi! Você que tá virando santa e eu que tô vendo milagres. Olha só! Aquele ali não é o Josivaldo?

– Que Josivaldo? Vê se crente ia tá aqui!

– Bom, às vezes ele trocou de nome. Mas que aquele ali continua sendo o melhor amigo do seu noivo, isso ele continua!

– Ai, minha nossa senhora! Ai, se ele me vê aqui! Amanhã tô morta. Ou solteira, o que é muito pior!

– Ih, Gabi! Pois eu sinto em lhe informar, mas ele tá ali já tem uns dez minutos.

– Ih, danou-se!

– Agora a santa vai pro brejo!

– Ah! Já que é assim, vamos tomar só mais uma!

– Só mais umas duas, gente!

Segunda-feira, 18 horas.

Maria Gabriela bate o ponto, pega sua bolsa e sai do serviço.

– Oi!

(Susto).

– Oi, amor!

– Tudo bem?

– Tudo.

– Só?

– O quê?

– Cê não tem nada pra me confessar, não?

– Confessar? Virou padre agora, é?

– Padre, não. Pastor.

– Você virou pastor?

– Não, né! Mas eu acho que você tem algo pra me dizer.

– Que eu me lembre, não tenho nada não.

– Nem sobre o Josivaldo?

– O Josivaldo? Ai, meu Deus! O que que aconteceu com ele?

– Maria Gabriela! Pare com isso! Você não sabe mentir.

– Não sei mesmo. E nem gosto.

– Pois então me diga a verdade!

– Que verdade?

– Que você estava bêbada, no Point do Buteco, ontem.

– No Point do Buteco?

– É. Ele viu!

– O Josivaldo viu?

– Nem falei que era ele. Tá vendo que é verdade?

– Ai, não falou! Você falou sim. Falou que tinha uma mentira sobre o Josivaldo.

– Uma verdade, Maria Gabriela. E é isso o que eu gostaria de saber.

– Tá bom, Eduardo. Tá bom. Eu nunca te contei porque ela é alcoólatra e você não ia gostar de saber. Mas já que insiste: eu tenho uma irmã gêmea.

?&?

– Mô.

– Hum?

– Cê viu minha cueca marrom?

– Tá na terceira gaveta da direita.

(...)

– Benzinho.

– Oi?

– Não achei.

– Ah, cê não quer que eu pare de fazer minha hidratação pra ir procurar sua cueca, quer?

– Quero, mozinho.

– Ah, isso eu não faço não!

– Não, amor? Quê que custa?

– Custa minha hidratação.

– Mas, meu bem. Seu cabelo é tão bonito. Não precisa de mais nada. Já eu, tô precisando muito da minha cueca.

– Então vá buscar, ora!

– O quê?

– Ora.

– Não, o resto.

– Vá buscar.

– Nossa! – emburra-se.

(...)

– Que foi, tchutchuquinho?

– Nada.

– Ah, "nada" não foi não, mô. Quê que foi, hein?

– É porque quando a gente namorava cê não falava assim.

– Mas também eu nunca imaginei que só porque casei ia ter que deixar de fazer MINHA hidratação pra buscar SUA cueca. Poxa, né, bem!

– Poxa? Nossa! Durante doze anos de namoro, você nunca falou um palavrão!

– E desde quando 'poxa' é palavrão? Amorzinho, fala sério, né!

– Nem gíria.

– Ai, mô! Que, que... que saco! – emburra-se.

Ele vai procurar a cueca, mas ao invés de achá-la no varal, encontra-a no balde de roupas sujas.

– Docinho, cê pode fazer um favor pra mim?

– Depende.

– Depende de quê, gatinha?

– Gatinha? Cê tá querendo alguma coisa...

– Tô mesmo, tchutchuca.

– Ah... mas pra eu fazer, já disse, depende.

– De quê, coração?

– Se tiver que parar minha hidratação, não posso.

– Nem se for urgente, querida?

– Ah, se for urgente, posso pensar. Quê que é?

– É porque minha cueca marrom tá suja, mô.

– E?

– Como 'e' ?

– E, ué! E daí?

– Já vem você com suas gírias.

– VOCÊ?

– É. Você!

– Droga, amor! Cê nunca me chama de VOCÊ!

"Nossa, esqueci o nome dela! E agora?"

– Você... você... – choraminga e, depois, empalidece – "Meu Deus! Depois de tanto tempo não é que também acabei esquecendo o nome dele!"

COMIDINHA DA MAMÃE

"Uma delícia!" – respondeu Guilherme quando Sandra lhe perguntou:

– Tá totoso?

Não eram batatas fritas, não era um bife mal passado, nem um simples bolo de chocolate. "Tô feito!" – pensou Guilherme. "Ela cozinha igual a mamãe," – completou. Era um canelone de ricota com molho quatro queijos.

Conheceram-se há dois anos e meio até chegar o dia do "Tá totoso?/Uma delícia!" acima. Guilherme, no começo, andava meio desconfiado de que Sandra não soubesse cozinhar. Pois, passaram os dez primeiros meses de namoro comendo fora e, nos oito meses seguintes, Guilherme aceitou todas as desculpas inventadas por Sandra para que ele não fosse almoçar na casa dela.

Ao final de tantas desculpas, Guilherme tomou coragem:

– Sandrinha, você não quer me levar pra almoçar na sua casa, não?

A namorada desesperou-se, pois não sabia fazer nem o feijão com arroz (literalmente). Fez um acordo com sua mãe: arrumaria a casa, o banheiro e a cozinha (inclusive depois do jantar) durante três meses, sozinha, se a mãe fizesse o almoço e dissesse que foi a filha quem fez. A mãe, dona Magali, que não era lá uma mãe muito típica (afinal, mãe que é mãe, só fala verdade) aceitou.

E o domingo foi uma maravilha. Dona Magali satisfeita com o novo namorado da filha; Sandrinha satisfeita com o novo genro da mãe e Guilherme satisfeito com a comida da namorada.

Mas nos três meses seguintes, Sandra nem quis saber de repetir a dose. Resolveu cumprir o acordo primeiro.

No entanto, depois de ouvir mais algumas desculpas, novamente Guilherme tomou coragem:

– Sandrinha, você não quer me levar pra almoçar na sua casa de novo, não?

A garota desesperou-se novamente. Além de ainda não saber fazer o feijão com arroz, lembrou-se da trabalheira que apenas um almoço feito pela mãe poderia lhe dar. Contudo, estava apaixonada demais para decepcionar o namorado. Fez o mesmo acordo com a mãe. Mas essa que não era lá uma mãe muito típica, além de não ser boba, exigiu da filha um mês a mais de pagamento.

E o domingo foi uma maravilha. Guilherme muito satisfeito com a comida da namorada, Sandrinha um pouco insatisfeita com o acordo feito com a mãe, e dona Magali satisfeitíssima com as mordomias que apenas um almoço de domingo poderia lhe proporcionar.

Ao final dos quatro meses, já não agüentando mais ficar longe do almoço delicioso que fazia sua namorada, Guilherme, de novo, tomou coragem:

– Amorzinho, você não quer me levar pra almoçar na sua casa mais uma vez, não?

Sandrinha, cansada, respondeu:

– Quer saber? Não. E é melhor a gente parar por aqui.

E terminaram.

Mas, passados cinco meses, e não agüentando mais de saudades do ex-namorado, Sandrinha é que tomou coragem e resolveu ligar:

– Oi, Guilherme. Será que você não quer almoçar lá em casa, domingo, não?

Guilherme, que nesse intervalo de tempo arrumara uma namoradinha que de cozinha, não entendia nada, e já não agüentando mais de saudades da comidinha da ex-namorada, resolveu aceitar. Assim como dona Magali aceitou fazer o bendito almoço – canelone de ricota com molho quatro queijos – e Sandrinha aceitou os sete meses (afinal, era um canelone!) impostos pela mãe – a que não era lá muito típica.

E não é que o domingo foi uma maravilha? Ao final dele, Guilherme resolveu pedir Sandrinha para namorar novamente. Na verdade, pediu-a em casamento, e até brincou quando ela aceitou:

– O melhor é que não vou ficar sem uma verdadeira comidinha da mamãe.

Sandrinha sorriu e pensou: "Eu que o diga!"

COMO SOBREVIVER À FILA DE UM BANCO

Quando você sair de casa ou do trabalho para resolver questões bancárias, você irá passar, no mínimo, trinta e sete minutos na fila do Banco; então, aprenda dez coisas que pode fazer, pra ver se o tempo passa mais rápido, ao enfrentar uma delas:

1.º) Se você estiver muito estressado, será ótimo! Pois, ou você aprenderá a ser a pessoa mais paciente do mundo ou explodirá de vez com a vagarosidade da fila (coisa que 99,99% das pessoas gostariam de fazer).

2.º) Conte quantas pessoas na fila usam aliança e quantas delas são de compromisso, quantas são de noivado e quantas são de casamento. Ah! Já que tem tempo, conte também quantas pessoas não usam aliança nenhuma.

3.º)Tente adivinhar quantas pessoas estão na fila para pagar contas, quantas estão para descontar cheques, quantas estão para resolver problemas com o cartão e quantas estão ali só porque gostam de pegar uma filinha, de vez em quando.

4.º) Aprenda uma piada nova que algum bobo estiver contando.

5.º) Naquelas filas insuportavelmente silenciosas, faça meditação e, caso não seja muito tímido, aproveite também para praticar alguns exercícios de yoga.

6.º) Tente descobrir a idade da criança que está no colo da mãe que passou na sua frente.

7.º) Aproveite o tempo para ficar urubuzando a conversa dos outros e ficar sabendo quem está grávida, quem traiu quem e quem partiu desta para uma fila melhor.

8.º) Tente se lembrar ou adivinhar o que é 'lactante' (um daqueles nomes que estão escritos na plaquinha de furar fila).

9.º) Conte, entre os que são barrados na porta eletrônica, quantos são homens e quantas são mulheres. E, entre eles, quantos foram barrados por causa do celular, quantos foram barrados por causa das chaves e quantos foram barrados sem nem saber o porquê.

10.º) E não se esqueça: dá até tempo de rezar um terço, mais dois Pai-Nossos e 11 Ave-Marias. E, em troca, depositar as esperanças em Deus, para que sejamos mais bem tratados!

CARROS & CHAPINHAS
O GUIA DAS FUTILIDADES

"Extra! Extra!

Pesquisadores da Faculdade Particular de Bonito descobriram que o cérebro do sexo feminino (e também do sexo masculino) é comandado subliminarmente pelo poderoso **Guia das Futilidades**".

Não acreditam? Vejam as provas:

Anderson, Bruna, Celene e Daniel, em um projeto de pesquisa arrojado, chocante e inovador, foram enclausurados e vigiados 24 horas, durante vários dias, e o resultado foi avassalador.

Anderson era casado com Celene que era amiga de Bruna que era noiva de Daniel que detestava Anderson.

Bruna era amiga de Celene porque as duas faziam depilação a cera no mesmo salão. Além disso, sonhavam juntas, em fazerem apenas depilação a laser, um dia.

Daniel detestava Anderson porque era atleticano e o inimigo, cruzeirense. Além disso, Daniel só gostava de Brahma e Anderson só bebia Skol.

Celene fazia bastante inveja em Bruna ao dizer ser a mulher mais feliz do mundo, por poder lavar as cuecas do amor da sua vida.

Bruna morria de raiva de Daniel que não marcava logo a data em que ela passaria a lavar as cuecas dele.

Anderson não contou a Daniel porque se casou tão rápido, logo que a mãe dele morreu. Os dois não conversavam: Daniel e Anderson. E, por isso, o inimigo não ficou sabendo que no Grande Dia C, Anderson não assinou os papéis do Casamento e sim, um Contrato empregatício com sua nova empregada.

Daniel não entendia (e continuou sem entender) porque as pessoas se casavam tão cedo. "Casar pra quê se o bom do casamento, o sexo, pode ser feito sem precisar se casar?"

Quanto a Celene e Bruna, na verdade, elas eram amigas porque o passatempo predileto das duas era o mesmo: comprar *lingeries* provocantes e indecentes para excitarem os companheiros.

E, também, na verdade, Anderson não era tão inimigo assim de Daniel. Esse sim é que era inimigo daquele, porque o cruzeirense tinha um Vectra, com MP3, *airbag*, seguro e ar condicionado. Já o atleticano – pobrezinho! – tinha uma CG, verde escura.

Bruna e Celene ficaram ainda mais amigas quando descobriram que tinham o mesmo projeto de vida: jamais engordar e virar um poço de celulite e estrias, após engravidar. Ou seja, jamais terem filhos.

Já Daniel e Anderson ficaram ainda mais inimigos quando Daniel ficou sabendo que Bruna contou pra Celene que contou pra Anderson que Daniel, de vez em quando, e não poucas vezes, "falhava".

No vigésimo quinto dia, tiveram direito a um pedido especial.

Celene e Bruna, de tão amigas, escolheram a mesma coisa: hidratação, escova e chapinha.

Anderson pediu para assistir a final do Campeonato Mineiro.

Daniel pediu pra não assistir ao jogo junto com o cruzeirense.

O planejado era que a pesquisa durasse 50 dias. Mas as cobaias quase estragaram o projeto, ao abandonarem a clausura no quadragésimo nono dia.

Bruna e Celene porque não poderiam perder o último capítulo da novela *Mulheres Apaixonadas*. Mesmo já tendo perdido 48.

Anderson porque não agüentava mais transar só com a esposa.

Daniel porque já estava louco para dar uma voltinha de CG, verde escura.

Lei da Gravidade

Cinco brigadeiros, seis pães de queijo, um copo e meio de vitamina de banana com toddy, três pratos de macarrão com lingüiça e duas rosquinhas de mel engordados a mais hoje, excluindo-se, obviamente, as 2.500 calorias recomendadas.

Poxa! E os 22 quilos que já tenho a mais?

Por quê? Por quê?

Por que toda vez que vou comprar roupa peço um número menor à vendedora e depois armo o maior barraco com ela? E ela ainda responde:

– Calma! A senhora tem toda razão. Esse molde de calça 38 é que é pequeno demais. As fábricas de hoje em dia não respeitam o novo padrão farto de suas consumidoras, o que é um absurdo, pois...

E as calcinhas? Parecem fraldas de elefante. Além das calças jeans que entram na fila de aposentadoria do meu calceiro, sutiãs anêmicos que vivem despencando (junto com outras coisitas), roupas de listras horizontais proibidas e as clássicas roupas de manequim de funerária, liberadas. Ninguém merece!

Por quê? Por quê?

Ser gorda ou não ser. Se 'ser', prepare-se para uma eterna depressão.

Um dia, caminhava pela calçada, já conformada com meu futuro destino, sozinha, quando, sem querer, escorreguei num caqui e, como ele deve ter feito antes, esborrachei–me no chão. (Ai, queria tanto que um caqui, um dia, também escorregasse em mim e se estrepasse!)

Só que, depois, agradeci muito ao caqui, pois ele foi o cupido entre eu e o Jucimar, que quando me viu, frágil e indefesa, em cima daquele monte vermelho, aproximou-se aflito e educadamente:

– Posso ajudar?

– Com certeza.

– Então, levante-se.

– É o que faria, se conseguisse.

– Ah, desculpe-me. Eu te ajudo.

– Tava demorando.

Confesso que fui um pouco grossa com ele, no começo, mas ele me conquistou assim que me convidou para um almoço, com direito à sobremesa. Era um *gentleman* o Jucimar!

Infelizmente, tive que dar uma de educada e almoçar apenas 756 gramas, uma vez que o Jucimar tinha um corpo atletissíssimo e eu não queria que ele me achasse gulosa ou pior, gorda.

– Come mais, querida.

– Não, obrigada. É que tô de regime. Sabia que já emagreci 1 quilo e 325 gramas?

– Nossa! É mesmo?

– Pra falar a verdade, quase sempre como pouco.

– Sei... Mas a sobremesa você aceita, né? Faço questão.

– Bom, se é assim...

(...)

– Ai, que arrependimento, Jucimar! Eu nunca saí dos meus regimes!

– Ah, só um diazinho não faz diferença.

– Bom, se você tá dizendo...

– Ainda mais um dia especial como esse.

– Especial?

– É, sim. É que sou instrutor de pára-quedismo e, como gostaria que o nosso primeiro encontro fosse inesquecível, queria te convidar para saltar de pára-quedas comigo.

– Hoje?

– Não. Daqui a duas semanas, depois que você fizer as aulas de preparação.

– E o inesquecível?

– É o convite. Tenho certeza que você nunca vai se esquecer.

– Bom, se você tá dizendo...

Duas semanas depois...

– Ai, tô com medo!

– Por que, querida?

– Sei lá, acho que engordei um pouquinho. Também quem mandou você me levar pra churrascaria todos esses dias?

– Meu chefe.

– O quê?

– Heh... meu chefe me deu um aumentozinho e eu quis aproveitar pra te levar a lugares especiais.

– Ah, mas eu acho que tô meio gordinha.

– Quanto cê tá pesando?

– Que é isso, Jucimar? Que grosseria! Sua mãe não te ensinou que é falta de educação perguntar pra uma mulher quanto ela pesa?

– Não.

– Tô vendo.

– Mas, benzinho, tô perguntando por segurança. Pra saber se o pára-quedas agüenta nós dois, juntinhos.

– Ah, nesse caso, 66. Quer dizer, 66 e 800.

– Tem certeza?

– Tá me chamando de gorda?

– Não, que é isso! É a segurança, benzinho.

– Ah... Tenho.

Decolaram. Prepararam-se para o salto inesquecível. No entanto, Nedilleuza não sabia que, na verdade, Jucimar não era instrutor de pára-quedismo e sim, responsável pelo setor de testes de uma fábrica de pára-quedas (o qual suportava seus 70 quilos mais outros 68 quilos quaisquer). E, também, Jucimar não sabia que, na verdade, Nedilleuza pesava 89 quilos (afinal, qual mulher, nesse mundo, fala o verdadeiro peso pro namorado?).

Pularam.

Mas, não se preocupem. Caíram em cima de um caqui.

O MELHOR AMIGO DO HOMEM

Os homens sempre acham que só eles é que secam a nossa bela e magérrima melhor amiga. Quanta ingenuidade...

Ainda mais um melhor amigo com um porte daqueles!

Conheci o Beto numa *rave*. Ele estava lindo! Bem vestido, cheiroso. Pena que estava com aquela pata-choca da Elaine.

Duas semanas antes, conheci o Vitor – o melhor amigo do Beto e meu namorado. E que arrependimento! Por que não conheci o Beto antes? Quanta falta de sorte! E por que fui conhecê-lo 14 dias depois de já estar envolvida com o Vitor e de já ter dormido na casa dele cinco vezes?

Não que eu fosse perua, mas o Beto era exatamente o meu sonho de consumo: alto, moreno, musculoso, cabelos lisos, olhos verdes e leal. Leal ao Vitor! Ou seja, dificilmente eu teria a chance de casar, namorar ou ficar que fosse com o Beto. Pois, agora, ele jamais trairia o amigo e, caso eu terminasse com o Vitor, ele também não ia querer confusões com o melhor amigo dele, por causa de sua ex-namorada.

Poxa! Por que foi a mãe do Beto quem fez maionese estragada no almoço, no dia em que conheci o Vitor? Por que não foi a mãe do Vitor quem fez? E pior, por que justo nesse dia, o Vitor não foi almoçar na casa do Beto?

Quanta falta de sorte!

Nesse azarado dia, conheci também a Carol e depositei nela minhas esperanças.

Fiz questão, primeiro, de me tornar sua melhor amiga. E, segundo, de comunicar isso ao Vitor.

Daí, um dia, na Universidade, marquei um jantar lá em casa, pra ela e pra Elaine. Pra Elaine, pra pelo menos uma noite, ela ficar longe do Beto. Pra mim, pra pelo menos uma noite, eu ficar longe do Vitor. E, pra Carol, pra dar umas indiretas pra ela sobre como conquistar o Vitor, pois eu sabia que ela era apaixonada por ele.

Jantar jantado e, yes!, plano concretizado! A Carol caiu direitinho e, agora, eu tinha uma chance: o Vitor me trair com minha melhor amiga e eu ser consolada pelo melhor amigo dele.

Marquei o grande dia: uma tarde de sábado, no sítio do Beto. Íamos: eu, o Beto, a Carol, a Elaine e o Vitor. Quer dizer: Beto e Elaine, Vitor e eu, e a Carol, que estava sobrando. Mas, se tudo desse certo, voltaríamos: Beto e eu, Vitor e Carol e a patachoca, sobrando! Rá, rá, rá, rá, rá.

Não tinha erro! A Carol era linda, tinha o corpo escultural e, por isso, fiz questão de irmos a um sítio com piscina. O Vitor não ia resistir.

– Tira essa canga, Débora.

– Ah, não. Cê sabe que eu detesto ficar de biquini, Vitor. Eu não tenho o corpão que a Carol tem. Olha, só. Olha bem o corpo dela, Vitor.

– Mas, você é muito mais bonita...

– Vitor, eu tenho espelho em casa.

– E muito mais interessante.

– Vitor, vê se se enxerga!

– Quê?

– Nada.

A Carol aprendeu direitinho. Foi com biquini de amarrar, *piercing* no umbigo, cabelos soltos e não parava de desfilar, pra cá e pra lá. Mas, ao invés de atrair os olhares do Vitor, quem não parou de olhar pra ela, foi o Beto!

Quanta falta de sorte!

Não podia trair seu melhor amigo, mas podia me trair com a minha melhor amiga, ora!

Que triste: Carol que amava Vitor, que amava Débora, que amava Beto, que amava Carol. De engraçado mesmo, só a patachoca, sobrando... Rá, rá, rá, rá, rá.

– Quê que cê tá pensando, Débora?

– Nada.

– Posso te perguntar uma coisa?

– O quê?

– Por que você não olha pra mim?

– Porque tô olhando coisa melhor.

– O quê?!

– Tô olhando ali o calção do Beto e imaginando que ele ficaria bem melhor em você, gatinho.

– Ah, tá!

Quanta ingenuidade...

11 COISAS QUE AS MULHERES NUNCA DEIXAM DE FAZER

1.º) Morrer de inveja da amiga que veio pra sair com ela e, apesar de ter se arrumado muuuuuuito, a maldita estar bem mais bonita.

2.º) Ao ver um cara bonitinho se aproximando, começar a arrumar o cabelo.

3.º) Morrer de raiva de quem inventou o sangue, porque sempre fica menstruada no dia em que ia sair pra nadar.

4.º) Olhar duas, três, quatro vezes – disfarçadamente – pra algum carinha que ela olhou e viu que estava olhando pra ela. Só pra ver se ele está olhando de novo.

5.º) Afinar a voz, de uma hora pra outra, quando chega perto do namorado.

6.º) Ao ir comer fora, dar ataques incríveis de frescura e "sanitariedade" por causa da origem da comida.

7.º) Arrumar qualquer cara pra "ficar", se ela sair com três amigas e for a única que estiver sobrando.

8.º) Arrumar a calcinha que "está entrando", depois de olhar para todos os lados, pra conferir se ninguém está vendo.

9.º) Achar sempre que está precisando emagrecer.

10.º) Inventar todas as desculpas possíveis para falar do cara de quem está gostando.

11º) Ao passar ao lado de um carro, olhar pro vidro, pra ver se está bonita.

CURVAS DE NÍVEL

André e Carlos eram geógrafos. O primeiro era o "bam-bam-bam" com as mulheres. O segundo, ah!, era o segundo. Quando muito, conseguia ficar com alguma mulher que André descartava.

– Cara, fala sério! Mulher com celulite e estria não tá com nada!

– Hã, rã, – concordou Carlos, atestando a suspeita de ser o "hã, rã" um sinônimo do "não entendi nada". Sendo, às vezes também, substituto do "o que você disse?", para aqueles meio surdos.

– Pior que isso, só mulher feia.

André, desde adolescente atraía todas as mulheres bonitas da sala. E as traía também. Carlos, quando ficava com alguma delas, era pra que ela fizesse ciúmes no amigo dele. André foi o primeiro a transar. Carlos só conseguiu esse feito cinco anos depois, mas ainda não tinha conseguido o milagre de ver uma mulher completamente nua. "Por que as mulheres gostam tanto de transar com a luz apagada?" – pensava. Isso até conhecer Larissa, a qual deu "Graças a Deus" de ter conhecido quase por acaso e, por isso, antes de André.

Foi numa loja de produtos para pescaria. Carlos estava lá para comprar um anzol novo. Larissa estava lá, porque era freqüentado majoritariamente por homens. Quando ela pegou em uma vara de pescar, Carlos perguntou:

– Você gosta?

– Muito.

– Verdade?

– Nossa! Adoro.

– E você pesca há muito tempo?

– Pescar, eu?

E assim se conheceram. Saíram por três fins de semana e resolveram que, no sábado seguinte, iriam a um motel.

Na segunda-feira, lá pela primeira hora de trabalho, André começou a se gabar de suas conquistas.

– Cara, cê não acredita. Peguei uma Giselle Bündchen, no sábado. Cê tinha que ver. Nada de celulite, nada de estrias. Cê tinha que ver.

Carlos ficou encucado. De celulite tinha uma vaga noção do que era. Mas "estria"? Resolveu, finalmente, abandonar o "hã, hã":

– Quê que é isso?

– Nem sabe, hein, cara! Só deve pegar tribufu. É Bündchen. B–u–d...

– Tô perguntando o que é "estria".

– Ah, tá, viu! Vai dizer que nunca pegou uma mulher com aquelas malditas curvas de nível?

No sábado, no motel, Carlos tirou a blusa de frio de Larissa e gostou. Tirou a camiseta e gostou. Tirou o sutiã e, nada! Era um milagre. Larissa não pedia para apagar a luz. Achou que alguma coisa estava errada:

– Larissa, posso te perguntar uma coisa?

– Agora?

– É.

– Ah... pode, vai.

– Você não quer que eu apague a luz?

– Não. Por quê?

Carlos lembrou-se de André.

– Você tem estria?

– O quê!?

– Aquele negócio tipo "curvas de nível".

– Curvas de nível? Eu não, hein! Mas acho melhor você apagar a luz.

LAVAR ROUPA TODO DIA...

Acabaram de fazer amor. E, por mais estranhos que parecessem, formavam um belo casal, abraçados, na cama.

Eram do tipo Eduardo e Mônica: Michelle era espírita e adorava axé. Guilherme era *punk* e não acreditava em nada.

Michelle gostava de estudar e fazia o quinto período de Fisioterapia.

Guilherme quase tomou bomba no pré-primário.

De parecidos mesmo, só os nomes. Guilherme e Michelle.

– Você se lembra do primeiro dia em que a gente foi ao cinema, Gui?

– Fala a verdade, mêu?

– Lembro não.

– Que memória, Guilherme! Você não se lembra nem do filme?

– E... cê faz cada pergunta difícil, véi.

– Credo!

– O quê? Melou na sua coxa?

– Não. Tô chateada por você ser tão esquecido.

– Pô! Não tenho culpa se você lembra de tudo, mêu.

(...)

– Ó! Pelo menos eu lembro do dia em que a gente faz aniversário de namoro.

– E...?

– E o quê?

– Você não vai completar?

– Com o quê, véi?

– Ai! Não acredito que você se esqueceu, Guilherme!

– Do quê, mêu? Hoje é seu aniversário?

– Não! É que daqui a quatro dias, a gente faz dois anos e cinco meses e meio de namoro.

– Ah, só...

(...)

– Gui...

– Hum?

– Você gostou?

– Gostei. E você?

– Eu também. Sabe, tava pensando...

– Cê não pára de pensar, não?

– Uai! E alguém pára de pensar?

– Eu paro, mêu.

– Como assim?

– Ué, de vez em quando. Por exemplo, depois que faço amor, quando vou ao banheiro...

– Credo, Guilherme!

– O quê?

– Fazer amor e ir ao banheiro pra você é a mesma coisa?

– Não falei nada disso. Você fica pensando demais, ó. Dá nisso.

– Ah, mas é que tava pensando como é bom o jeito que a gente fica...

– É. É bem legal, véi.

– E fico pensando em mais pra frente, se a gente um dia morar junto...

– Juntar?

– É. Morar junto, dormir junto...

– Cê não quer casar?

– Não, não é isso. É que antes de casar ou morar junto eu queria que você estudasse. Você faria isso por mim, amor?

– Hã, hã.

– E eu quero me formar antes.

– Tá.

– E a gente tem que trabalhar primeiro, né?

– Só...

– Ai! É por isso que te amo.

(...)

– E você?

– Eu também te amo.

– Não. Tô perguntando o que você gostaria que eu fizesse por você.

– Ah, sei lá...

– Pensa.

– Ah, não sei, mêu. Se a gente casasse ou morasse junto...

– Se?

– Não.

– Não?

– Não. Quer dizer, quando a gente casar ou morar junto, eu só quero que cê cuide de mim. Faça comida, deixe a casa bonita... Ah! Mas quer saber? O que acho mais bonito é ver minhas roupas bem lavadinhas.

Não sabia ele que, na lista de prioridades de Michelle, lavar roupa ocupava a lanterninha.

– Cê faria isso por mim, amor?

(...)

– Faria?

Michelle pensou na probabilidade remota de Guilherme voltar a estudar e na probabilidade mais remota ainda de ela passar o resto da vida atrás de um tanque, e respondeu:

– Hã, hã.

Novo Mundo

Todo ser humano, por mais educado e fino que seja, esconde dentro de si – no porão ou na despensa – seus sentimentos mais primitivos. Sentimentos nada nobres que podem ser simplesmente considerados feios ou que podem nos colocar em situações de extremo constrangimento.

Podemos concluir então que, se no mundo não houvesse educação familiar ou escolar, a sociedade seria outra. E possuiria a seguinte Constituição:

§ 1.º – Toda criança tem direito a ser manhosa, por definição.

§ 2.º – Qualquer pessoa possui o direito de sentir inveja do amigo que está melhor na vida, por definição.

§ 3.º – Toda feiúra será castigada, por definição.

§ 4.º – Todas as férias escolares serão respeitadas e a recuperação abolida, por definição.

§ 5.º – Além disso, todo ser humano terá direito a um dia de trabalho, além-férias, de folga, para ficar no sofá assistindo Sessão da Tarde e comendo pipoca, por definição.

§ 6.º – Toda mulher velha tem o direito de esconder sua carteira de identidade. Já, todo velho, ah! é velho, por definição.

§ 7.º – Qualquer forma de sangramento feminino será abolida, por definição.

§ 8.º – Todo ser traído terá a chance de trair a pessoa que lhe enfeitou a testa, por definição.

§ 9.º – Toda mulher rica, charmosa e bonita, não sairá das telas dos cinemas, por definição.

§ 10 – Já todo homem pobre, raquítico e feio, não sairá das fotos de reportagens sobre miséria, por definição.

§ 11 – Todo adolescente terá cópias das chaves da casa e do carro do pai, tendo também o direito de chegar em casa na hora que bem quiser, por definição.

§ 12 – Todo chato terá sua boca costurada com arame farpado, por definição.

§ 13 – Nenhum ser humano morrerá virgem, por definição.

§ 14 – Qualquer objeto com peso acima de 1 quilo e 256 gramas, será carregado pelos homens, por definição.

§ 15 – Toda mulher terá o direito de ser feminista e todo homem, machista, por definição.

E por aí, ia...

Pensando bem, não sei se será politicamente correto publicar ou deixar que qualquer pessoa leia esta crônica.

Mas, se você já leu, não posso fazer nada...

O QUE AS MULHERES QUEREM DOS HOMENS

Enganam-se aqueles que acreditam que o que conquista uma mulher não é o homem, mas seu cartão de crédito e seu carro do ano.

Por isso, para os que andam meio na "seca", farei o obséquio de ensinar-lhes como conquistar realmente uma mulher:

- No primeiro encontro, jamais tente avançar o sinal (ou correrá o risco de ver suas "intenções" morrendo atropeladas).
- Já, após o primeiro beijo, dê-lhe a mão (não há nada que derreta mais uma mulher do que um homem que faz questão de andarem de mãos dadas).
- Quando estiverem juntos, nem pense em olhar para as mulheres que passam ao seu lado (antes um cego fingido, do que um observador abandonado).
- Não demore mais do que cinco minutos quando for ao banheiro (das duas, uma: ou ela achará que você sofre de incontinência urinária, ou desconfiará que você está paquerando outra no caminho – o que é muito pior).
- Chame-a para dançar e abrace-a fortemente na cintura – nem 1 cm abaixo, hein! As mulheres adoram se sentir laçadas (no bom sentido, é claro!).

- Ainda que lhe custe o maior esforço do mundo (nunca vi criaturas tão pouco observadoras) elogie a roupa dela, ou os brincos, ou até mesmo a íris de seus olhos.
- Caso você beba, ande com, no mínimo, duas caixinhas de chicletes no bolso. Caso fume, ande com três. Caso use drogas, desista!
- Mesmo que você more na zona norte e ela more na zona sul, nem sonhe em deixá–la ir sozinha pra casa.
- Não peça o telefone dela se não for realmente ligar. As mulheres sofrem de *Telefonites agudam* e são capazes de esperar até 96 horas e 28 minutos após a hora combinada de uma ligação.
- Ao se despedirem, dê-lhe um beijo carinhoso na testa. Pois se para os homens o que conta é a conquista, para nós o que importa é não nos sentirmos usadas.

O Grande Encontro

– Você ainda gosta dele, Fabiana?

– Não.

– E... não sei não, hein.

– O quê?

– Você falou 'não' rápido demais.

– Ai, Edson! É de você que eu gosto agora.

– Sei não...

"Como é que eu ia gostar dele ainda, depois daquele último dia em que ficamos?

Cheguei na danceteria, ele estava sozinho. Fui ao banheiro pra ver se meu cabelo estava bonito. Quando saí, ele estava na porta do banheiro.

Com outra.

Pior: com a Martinha, a horrorosa da Martinha! Será que eu era ainda mais horrorosa do que a Martinha?

Corri pro bar. Pedi uma, duas, três, quatro caipirinhas. Até que a Jane chegou e não me deixou pedir a quinta.

– Menina! Por que cê tá gastando tanto hoje?

Mostrei a cena de agarramento explícito, perto do banheiro.

– Uai! Cê tá tão na falta assim?

– Jane, acorda! É o Felipe!

– O quê? O Felipe pegando a horrorosa da Martinha?

– Pára, Jane! Se não quer ajudar, não atrapalha.

– Ah, atrapalho, sim. Vou lá acabar com esse amasso, agora!

– Jane!

Ela comprou um vinho, fingiu que ia ao banheiro e continuou fingindo ao tropeçar e derramar o vinho no cabelo 'chapado' da Martinha, que largou o Felipe, na hora, e correu pro banheiro.

– Não falei que ajudava?

Procurei o Felipe, mas quando a Martinha saiu do banheiro, ainda mais horrorosa, ele já estava com outra. E não era eu, era a Carmem!

Voltei pro bar. Mas, a Jane não me deixou pedir a bendita da quinta caipirinha.

– Cê não vai gastar seu dinheiro por causa daquela velha de 40 anos. Meu Deus... quê que ele viu nela?

– Não sei. Mas não quero ver mais nada.

Quando ia embora, ele me segurou pelo braço:

– Fabiana.

– Felipe?

– Espera.

– Esperar o quê? Você ficar com a danceteria inteira?

– Vamos conversar?

– Não quero conversar. – as caipirinhas subiram.– Quero é que você me beije. Agora!

Daí, ficamos o resto da noite.

No outro dia, quando nos encontramos, ele fingiu que eu não existia."

Três anos depois, respondi pro Edson:

– Pois, então, fique sabendo. E, assunto encerrado!

Mas, eu mesma fiquei na dúvida, quando apenas dois dias depois, fui ao supermercado e, na hora em que ia pegar um pacote de absorvente, dei de cara com o Felipe.

Fiquei rosa, vermelha, roxa. O sangue que deveria sair por baixo, veio todo pra cima.

Há três anos, não ficávamos a sós e nem tão perto.

Pelo menos, ainda não tinha pego o pacote.

– Oi.

Ele disse.

Fiquei muda.

– Tudo bem?

Ele sorriu.

Fechei a cara.

– Oiê! Tudo bem?

Não consegui dizer uma palavra.

– Tá boa, Fabiana?

Fiquei olhando pro absorvente e imaginando: quem vale mais?

– Bem, se você não quer conversar... – virou-se.

O absorvente.

Voltou.

– Cê ficou com raiva?

Mas, ele é bem mais bonitinho.

– O quê?

– Tá com raiva?

– Ah, desculpe. Eu não falo com estranhos.

Mas, estranho foi o que senti. Ainda bem que o Edson me perguntou sobre o Felipe, antes.

Deixa eu ver?

Chegou pelo quintal e viu umas roupas lavadas e estendidas, secando. Bia levou um susto quando Marcos viu suas calcinhas, e disfarçou:

– Ai, essas calcinhas da Renata... Parece criança...

– E cadê as suas? Cê não lavou?

– Eu?

– É. Ou você lava as calcinhas da sua irmã?

– Claro que não! As minhas já secaram.

Marcos sofria de rinite, sinusite e tanguinite – era tarado por tangas, fio-dentais e afins.

A primeira vez em que viu uma calcinha de Bia, nela, sofreu uma grande desilusão.

– Pára, Marcos!

– O quê?

– Pára de olhar o meu cofrinho.

– Mas seu cofrinho tá protegido. E como, hein?

– Qual o problema?

– Nada. É até melhor que ninguém vê.

No entanto, quando combinaram de transar pela primeira vez, ele não resistiu e, ao entrarem no motel:

– Comprei um presente.

– Mesmo? Você é tão romântico...

– Só não quero que fique chateada.

– Com presentes? Imagina! Nem pensar.

– Eu gostei muito.

– São flores?

– Não.

– Bombons?

– Não.

– Um perfume?

– Não. Só não quero que me ache tarado, hein?

– Tarado?

– É. Abre. É pra te revelar uma coisa.

Bia rasgou o embrulho e deparou-se com uma micro *lingerie* de tigresa. Ficou pasma: "ele adorou, ficou com medo de me chatear e de achar que ele é tarado. E, ainda por cima, quer me revelar uma coisa?"

– Marcos! Você é viado?

– Que é isso, Bia! É pra você.

– Ah! Ainda bem!

– É que não tinha te falado antes, mas sou louco por mulheres que usam calcinhas bem pequenas.

Bia lembrou-se das verdadeiras calçolas que usava e, inclusive da que estava usando, e quase morreu de vergonha.

– E por que cê não me falou isso antes?

– Ah, fiquei sem graça. Você só usa calcinhas cor-de-rosa, de babadinho ou grandes, extremamente grandes!

– Marcos!

– Tá, desculpa. Mas veste essa pra mim?

(...)

Depois de tirá–la, Marcos declarou-se apaixonado à namorada.

Bia encucou-se. Se o que importava era o conteúdo, qual o problema com a embalagem?

O tempo foi passando e o guarda-roupa íntimo de Bia transformou-se da água para o vinho, literalmente. Calcinhas insípidas, nem pensar. Em compensação as vermelhas e pretas... Era calcinha com abertura na frente, calcinha comestível, calcinha com fecho atrás, uma loucura! E todas, era o Marcos quem comprava.

Bia encucou-se novamente e, ao estender a última roupa no varal, não resistiu:

— Marcos, você gosta de prostituta?

— Que isso, amor!

— Sei lá! Essa sua mania de calcinhas!

— É que calcinha *sexy* dá mais vontade.

— Então, se um dia eu usar uma calcinha do Bob Esponja você não vai querer nada comigo?

— Claro que não!

— O quê, Marcos?

— Eh... Também não é assim, amor.

— Ah, ainda bem!

— Mas por quê? Você não gosta das calcinhas que te dou?

— Gosto, mas...

— Por falar nisso, me deu uma vontade agora.

— Agora? Ah, agora não, Marcos!

— Por quê?

— Porque tenho que estudar. Amanhã tenho prova de matemática.

Despediram-se e ela entrou em casa com sua calcinha preferida: do Lula Molusco batendo no Bob Esponja.

À Francesa

Levava todo dia pro banheiro para tomar banho: sabonete, bucha, toalha, roupa limpa e três toucas: duas de plástico e uma feita de meia-calça, para proteger a escovinha.

Um dia, quase teve um infarto depois de se ensaboar toda, olhar pro box e constatar que a toalha não estava lá. E estava só ela, em casa.

Não admitia, mas sofria de "toalhofobia" – o medo de esquecer a toalha, na hora do banho.

Mas o pior é que sofria também de "anelofobia" – o medo de esquecer as toucas e seu cabelo molhar e anelar, durante o banho.

Tinha um namorado. Lindo e asseado. Moravam em Ubaporanga, mas combinaram de passar o carnaval juntos, em uma república de Ouro Preto, a Lôco–Lôco.

Descobriram que a festa era boa mesmo. Muita droga, sexo e rock and roll. Ou melhor, muita droga, sexo e axé–roll.

Acordavam ao meio-dia, almoçavam, tomavam banho e iam atrás dos blocos. Bebiam bastante, beijavam muuuuuuito, voltavam, tomavam outro banho, jantavam e iam novamente para as ruas históricas, que ficavam lotadas.

Foram felizes para sempre por quatro dias, mas na tarde de...

Terça-feira, 24 de fevereiro de 2004, subiam a rua Direita, atrás do Bloco do Caixão, quando...

Na visão dela, uma safada, cachorra, sem-vergonha, em cima do caixão de brinquedo, tirou a blusa.

Os dois fixaram os olhos na garota. Ela, não acreditando no que estava vendo. Ele, lôco-lôco para ver mais.

Na visão dele, uma gostosa, corajosa e – graças a Deus! – sem-vergonha. Chegou a engrossar o coro do "Tira! Tira!", depois que ela tirou a saia.

Até que a cachorra tirou o sutiã e ela puxou o namorado correndo, o qual – tadinho! – não pôde ver a corajosa tirar o resto.

– Corre, corre, que isso vai dar confusão!

Correram muito até chegar à república, feito doidos. E ela resolveu pegar o seu kit–limpeza para tomar banho.

Mas até conseguir catar tudo, o namorado correu na frente, pra ir primeiro. E só quarenta minutos depois, ela pôde entrar no banheiro.

Conferiu seus apetrechos, abriu a torneira e daí aconteceu a tragédia! Pior do que a safadeza da cachorra do caixão. Pior do que o namorado beijar outra na frente dela. Pior até do que se tivesse esquecido a toalha e as toucas, juntas, em Ubaporanga. A água tinha acabado!

E agora? Estava imunda, com um pouco de raiva da safada, cachorra, sem-vergonha, suada e sem saída. "Também, quem mandou o Pedro gastar a água toda?"

Ficou dez minutos com o chuveiro ligado, rezando pra água cair. E, nada! Tentou tomar banho na torneira da pia. E, nada! Acabou por fazer bastante hora e tirar apenas o suor do corpo com a toalha. "Ainda bem que não esqueci a toalha!"

Procurou um perfume ou um desodorante, mas só encontrou uma pasta de dentes e passou ela mesmo, debaixo das axilas. Se o namorado percebesse que ela não tinha tomado banho, sua reputação iria por água abaixo. Pedro também não era muito normal e sofria de "sujeirafobia"– o medo de arrumar uma namorada que não gostasse de tomar banho". Quarenta e um minutos depois:

– Finalmente!

– Pois é, né... A água até acabou.

– Mas você tomou banho, amor?

– Lógico! Nada melhor do que ficar bem limpinha, né, Pedrinho?

SALVEM OS MICOS, MAS SE ESQUEÇAM DAS JARARACAS!

Dona Conceição, a sogra, pensava forte.
Daniely, a nora, pensava meio torto:
– Tá frio, né?
– Com esse sol?
– Mas tem umas nuvens ali na janela, ó.
– Que acabaram de passar.
(Ai, ai.)
– Viu a chuva de ontem?
– Lógico. Sou velha mas não sou cega, nem surda.
– Acredita que molhou as roupas tudo?
– Até as do Geraldinho?
– Todas!
[Pelo amor de Deus! Pra quem fui entregar meu filho?]
– Pra mim...
– Hã?
– Pra mim essas chuvas são muito esquisitas. Sei não.
[Não sabe mesmo. Bonita e burra.]
– E viu que sol deu depois da chuva?
– Sabe que nem reparei?
(Claro! Essa velha não repara nada. Quer ver?)

– Já reparou que quando a gente vai atravessar uma rua e vem vindo um carro, ao invés de manerar, ele acelera?

– Não, não reparei.

(Não disse?)

Elas é que não repararam que duas pessoas sempre falam de tempo e coisas fúteis quando não têm muita intimidade. Ainda mais se essas duas são sogra e nora.

– Ai, tá demorando!

– Parece, né?

(Ai, ai)

– Será que vai demorar mais?

– Parece, né.

(Ai, que jararaca!)

Silêncio.

Silêncio.

Silêncio.

Até que, graças a Deus, alguém resolveu chorar:

– Ai, ele gostava tanto de feijão batido!

– Tá louca?

– Não, tenho certeza! – chora. Bem batidinho e por baixo do angu. Era o prato preferido dele.

– Era?

– Era. Feijão batidinho! Ai...

– Não gostava e não era! Não fala assim dele porque meu filho ainda não...

– Desculpa.

Silêncio.

– Coitadinho!

– O quê?

– Tadinho dele.

– Por que, mulher de Deus?

– Porque ouvi dizer – cochicha – que essa doença pode fazer com que ele perca os cabelos.

– Ai, meu Deus! Meu Geraldinho careca! Ai, ai, ai, ai... Ai, meu Deus!

– Ih, quê que foi?

– É pior que isso. Ouvi falar – cochicha – que essa doença pode deixar ele... Cê sabe, né?

– Virgem Maria! (Meu Geraldão impotente?)

Silêncio.

– Trouxe as meias limpas?

– Ai, sabia que tinha esquecido alguma coisa!

– Mas, você não tem jeito mesmo, hein! Deixa a roupa do meu Geraldinho pegar chuva, só sabe fazer feijão batido com angu e, ainda por cima, esquece de trazer as meias pra esquentar os pezinhos do meu Geraldinho!

– Olha aqui, minha senhora! Eu não podia adivinhar que ia chover ontem e as roupas do meu Geraldão iam molhar, porque não nasci pra ser meteorologista. Não sei fazer nada além de feijão batido com angu, porque não nasci pra ser cozinheira e só esqueci das meias porque não nasci com a memória boa.

– Não nasceu com nada bom, né, minha filha?

– Minha filha, vírgula...

O médico entra assustado na sala de espera:

– Senhoras, por favor. O senhor Geraldo mandou chamar no quarto.

[Claro que sou eu. Vê lá se ele ia preferir essazinha do que sua mãe.]

(Agora ela vai ver se ele não prefere ficar com a esposinha dele do que com essa jararaca!)

– Ele quer ver a sua...

O OUTRO

Nádia morava na rua Coelho dos Ferros, número 171.

Ela amava Daniel, engenheiro químico, moreno e bonito. Conheceram-se no cinema, quando foram assistir *Simplesmente Amor*. Os dois estavam sozinhos e, por um acaso, sentaram-se em cadeiras adjacentes.

Lá pela hora e meia de filme, Nádia começou a chorar. E, como toda ação possui uma reação, Daniel deu-lhe um lenço para secar suas lágrimas. Não que ele não gostasse delas, ele as amava. As mulheres românticas. "Afinal, hoje em dia, já nem se fazem mais mulheres como antigamente. Todas tão independentes, frias e insensíveis..." Nem todas. Nádia era uma espécime rara e, talvez por isso, tenha se apaixonado por Daniel depois de saírem para jantar, após a sessão de cinema. Ou talvez porque, no dia seguinte, ele ligou pra ela – e, no celular! Ou talvez por terem ido passear no Parque do Ibirapuera, após tomarem um sorvete, além de irem ao Hope Hare e ao Circo Imperial da China nos encontros seguintes. Um amor quase pueril, apesar de ela já ter 37 anos e ele, 43. Formavam um par perfeito.

Os dias e os meses foram passando e a paixão dos dois aumentando cada vez mais. Até o dia em que Daniel precisou viajar a negócios. Iria para Fortaleza, onde teria que ficar por seis meses. Nádia relutou, pois acreditava que não conseguiria viver sem o grande amor de sua vida. Mas este prometera ligar – e, no celular! – e mandar-lhe cartas sempre.

Apesar dos pesares, ela não teve escolha e conformou-se em voltar para sua vidinha monótona até que...

Um dia, o carteiro bateu em sua porta:

– É aqui a rua Coelho dos Ferros, 171?

– Correto, – respondeu Ricardo.

– Carta de Fortaleza.

Nádia, que ouviu da cozinha a conversa, gelou. Correu até a porta e agarrou a carta que quase chegou nas mãos do seu marido:

– É número 171 B, benzinho. A dona Lourdes que mora lá embaixo, me contou que não agüentava mais de aflição pra ter notícias do sobrinho que foi pro Nordeste. Tadinha, né, Ricardinho?

Você é
Preguiçoso?

1. O papel higiênico acabou com você usando o último pedaço. Então, você:
a ( ) Vai à despensa, busca outro e coloca no lugar.
b ( ) Grita pra alguém buscar outro rolo.
c ( ) Sai do banheiro e nem se lembra mais do que aconteceu.

2. Ou, você ia entrar no banheiro, quando vê que não tem papel higiênico. Então, você:
a ( ) Dá meia volta, vai à despensa e busca outro.
b ( ) Vai pro outro banheiro, que deve ter papel.
c ( ) Usa o banheiro assim mesmo.

3. Você chega em casa morto de fome e não tem janta, café, nem pão. Então, você:
a ( ) Resolve fazer café e ir à padaria comprar pão.
b ( ) Apesar de detestar banana, come uma, assim mesmo.
c ( ) Vai dormir pra esquecer que está com fome.

4. Você está fora de forma, bem acima do peso e com colesterol alto, porque:

a ( ) Não faz ginástica, há um mês.
b ( ) Não faz ginástica, há uns cinco anos.
c ( ) Nunca fez ginástica na vida e nem pretende fazer.

5. Na hora de escolher um livro pra ler, você:
a ( ) Olha se o autor e o título do livro são bons.
b ( ) Olha se o livro é fino e se a letra é grande.
c ( ) Nem escolhe.

6. Você dançou a noite inteira e chega em casa esgotado. Então, você:
a ( ) Toma banho, antes de se deitar.
b ( ) Só dá uma olhadinha se o perfume venceu.
c ( ) Vai dormir direto e nem troca de roupa.

7. Você está na cozinha e já faz uns bons dias que você não limpa os ouvidos. Então, você:
a ( ) Corre para limpá-los e usa logo uns 3 cotonetes para cada orelha.
b ( ) Limpa os ouvidos com palito de dente mesmo, pra não ter que ir buscar cotonete.
c ( ) Continua uns bons dias sem limpá-los.

8. Você passou o domingo inteiro vendo TV, escornado no sofá e, de repente, te dá uma vontade danada de fazer xixi. Então, você:
a ( ) Vai ao banheiro e aproveita pra ir à cozinha também para comer alguma coisa.
b ( ) Fica mais meia-hora tentando tomar coragem pra ir ao banheiro.
c ( ) Faz de conta que a vontade passou.

O resultado?
Ah, fiquei com preguiça de escrever...

SIMPATIAS

Confesso que tenho certa empatia pelas simpatias. Como quase tudo na vida, elas podem dar certo ou errado. Independem do clima e das circunstâncias e, acima de tudo, são extremamente inofensivas – quando muito, funcionam. Deixando a dever às suas primas distantes, as macumbas.

Creio que todo ser da Terra já tenha se utilizado dessa forma bizarra de se conseguir as coisas. Se não o fez, foi objeto de uma. Qual é a mãe que abre mão de colocar um algodãozinho na testa do filho recém-nascido, que não pára de soluçar?

Entretanto, questiono a veracidade do aparecimento do nome do meu futuro marido em uma folha de bananeira, após jogá-la em um jardim de rosas vermelhas, à meia-noite, se eu sair de lá sem olhar pra trás e buscá-la nove dias depois. De onde tiraram isso?

As simpatias despertam curiosidade, são universais, ocultas, simpáticas e, ao mesmo tempo, indefiníveis. De onde surgem e como surgem?

Talvez o inventor das simpatias seja algum escritor extremamente criativo, mas que admira o ostracismo.

Ou talvez haja uma teoria mais racional para o surgimento delas.

Um belo dia, o desejo de alguém se realiza, mas é inacreditável. Então, a pessoa procura insistentemente a causa dessa conquista, recapitula seus passos e resolve escrevê-los, criando assim uma receita, também conhecida por simpatia.

Como não faço parte da escola renascentista e prefiro o misticismo ao racionalismo, confesso que não possuo nada contra essas "receitinhas", pelo contrário.

Sendo assim, termino esta crônica, acreditando que a mesma – uma filha bem sucedida de minha escrita – seja um desejo realizado, dentro de uma boa fase pela qual acredito estar passando. E, por isso, recomendo para os leitores a minha:

Simpatia para a Prosperidade:

Ande, durante 7 dias, com uma nota de cem dólares no bolso direito de toda roupa que usar. Ao final desse tempo, compre uma vassoura virgem e leve pra casa, deixando-a, à meia-noite de uma sexta-feira 13, na encruzilhada de seu quarto com outro cômodo qualquer. Passe mais 7 dias mentalizando positividade, depois jogue a vassoura em água corrente (não vale a da torneira da pia), troque o dólar, deposite o dinheiro no banco e uma fase de realizações se iniciará para você.

Se você gostou da crônica, a simpatia funciona, se não...

Dia dos Namorados Macabro

Quarta-feira, 12 de junho de um ano qualquer. Brasil.

Ou seja, o esperado DIA DO ACHO, quer dizer, aquele dia em que você acha que vai ganhar algum presente, ainda que seu namoro esteja fazendo apenas duas semanas.

Pois, prepare-se! Você pode ganhar várias coisas, como:

- Um beijo e um abraço e só.
- Um cartão pequeno, ainda por cima, e só.
- Uma caixa de bombom barata e só.
- Ou pior: um belo de um fora! E ficar só.

Mas, caso algum desses seja o seu caso, sente-se e não chore. Ria do meu:

"Íamos fazer seis anos de namoro e, durante todo esse tempo, em todas as datas importantes, trocamos presentes superconvencionais, mas que atendiam perfeitamente ao IAPP (Índice de Agrado Pessoal do Presente).

Entretanto, neste belo Dia dos Namorados (ou não), dei pra ele uma calça social preta, com a qual imaginei que ele ficaria lindo se usasse com a camisa palha que lhe dei no Natal passado. Mas, na hora de receber o meu presente, aconteceu o desastre!

Seus olhos brilhavam e o embrulho também. Como fazia sempre, soltei um "não precisava, amor", mas talvez, fosse melhor que não ganhasse mesmo. Afinal, por que é que ele achou que eu precisava daquilo?

Um vestidinho preto básico, um perfume francês ou uma sandália da Kelly Key que fosse, mas... uma blusa de cetim verde fosforescente, com listras horizontais rosa, fosforescente?

Será que ele estava me achando com cara de banca de feira?

Tentei elaborar as mais escabrosas teorias para um atentado à integridade moral daqueles:

Primeira: Ele não teve tempo de comprar meu presente, ligou para sua mãe e pediu que ela comprasse. E acabou nem conferindo o que era.

Segunda: Sua mãe comprou o presente porque ele pediu e, por não gostar de mim, fez questão de comprar a blusa mais feia e encalhada de um brechó.

Terceira: A mãe dele se ofereceu para comprar meu presente e, para que eu terminasse de vez com o filhinho dela, não perdeu a chance de comprar a blusa mais ridícula do mundo.

Só que, infelizmente, minhas teorias caíram por terra, quando ele teve a coragem de confessar:

– Fui eu mesmo quem comprei, amor.

Daí, pensei: "Quem sabe não teria sido melhor se a mãe dele tivesse comprado?"

Fiquei imaginando eu indo trabalhar em plena recepção do Otton Palace Hotel com uma preciosidade daquelas e sendo demitida antes mesmo de fazer a primeira reserva. E pior, por justíssima causa!

Ou, eu encontrando, na rua, com a *ex* do Marcelo e, ao invés de rir bastante da minha cara, ela ficar com pena de mim.

Entrei no dilema: aceitar ou não aceitar?

Se chegasse com uma coisa daquelas em casa, teria que mostrar pro papai, pra mamãe, pra vovó, pra Jú, pro Bruninho, pra Terê e até pra enxerida da filha mais nova da vizinha. E, ninguém merece pagar um mico fosforecente sete vezes! Mas também, por que todo mundo tem tanta curiosidade? E por que, só desta vez, não estava fazendo questão nenhuma de exibir meu presente do Dia dos Namorados?

Além disso, se aceitasse a bendita, como faria para não usá-la na próxima vez em que saíssemos juntos (como fazíamos todos os anos), uma vez que a próxima vez, seria exatamente num sábado, à noite?

Olhei bem pra cara (de-pau) dele e tive que aceitar.

Sábado, 15 de junho de um ano qualquer. Brasil.
Ele chegou de calça social preta e blusa palha. (Modéstia à parte, estava lindo!) E eu...

Vocês não têm coragem de imaginar que eu fui vestida de melancia, né? Ah, o respeito!

Acontece que, o Marcelo imaginou (cretino!). E ainda teve coragem de ficar bravo:

– Poxa, Letícia! Cê não gostou do presente que te dei?

– Que é isso, Marcelo! É que gostei tanto que não vou usar num sabadozinho qualquer, né?"

OS 5 PRESENTES QUE UMA NAMORADA REALMENTE GOSTARIA DE GANHAR

É de embasbacar o apelo comercial desta data linda e romântica: o dia 12 de junho. Adorada pelos que têm muito o que comemorar e odiada pelos que não têm motivo algum para festejar. O badalado Dia dos Namorados...

Roupas, sapatos, perfumes, bichos de pelúcia, caixas de bombom e o "comércio a quatro". Tudo certamente muito agradável. Mas, se querem uma dica, homens, insubstituíveis são os 5 presentes abaixo relacionados – os quais deixam qualquer mulher desse planeta, completamente apaixonada:

1.º) **Certificado de Fidelidade** – com data de validade enquanto durar o namoro, mesmo que esse seja eterno somente enquanto dure.

2.º) **Frase do Dia** – que deve, preferencialmente, ser dita para a namorada, todos os dias: "eu te amo muito, meu amor".

3.º) **Cegueira Temporária** – que dê em você, toda vez em que uma mulher bonita passar em sua frente.

4.º) **Agenda Eletrônica** – a ser instalada em seu cérebro, para que você nunca se esqueça das datas importantes (do primeiro beijo, do aniversário de namoro, do aniversário dela etc.).

5.º) **Celular 24 horas** – o seu, que nunca, em hipótese alguma e, jamais!, diga "ligue mais tarde, esse celular encontra-se desligado ou fora da área de cobertura e não possui caixa postal".

Tão simples! E vocês ainda reclamam, achando que têm que comprar presentes sofisticados. Homens...

Os 6 presentes que um namorado também gostaria realmente de ganhar

Um amigo, de Itabirito, MG, fez a lista dos 6 "presentes" que um namorado, no dia 12 de junho, também gostaria realmente de ganhar:

1.º) Uma menina que ligue às 3 horas da manhã, só pra dizer que me adora – dizer que me ama pode ser demais (risos).

2.º) Uma menina que não tenha "pitís" na TPM.

3.º) Uma menina que odeie discutir a relação.

4.º) Uma menina que aceite que nem sempre, para os homens, sexo e amor são a mesma coisa.

5.º) Uma menina que não seja dada demais ao pecado da vaidade, afinal não ligo para esse tipo de coisa.

6.º) Uma menina que divida a vida comigo, ao estilo Yoko Ono.

A partir da comparação das 2 listas – a minha relatada nas duas páginas anteriores e a do meu amigo, acima – podemos concluir que é por isso que no dia 13 de junho, há tanta troca e devolução de presentes. Meu Santo Cupido! Recorro a Gilberto Gil, em "A Novidade", para refletir: Ó mundo tão desigual! Tudo é tão desigual! Principalmente, a cabeça dos homens e das mulheres. Será por isso que os sexos opostos se desentendem tanto?

Ou será por isso que, às vezes, se atraem – para se completarem? A resposta? Só Deus para saber.

O que sei, e posso aqui escrever, é o direito de resposta das mulheres em relação à lista da página anterior, com toda licença ao querido amigo:

1.º) Queremos ligar às 3 horas da manhã sim, mas para dizer "te amo" mesmo. Afinal, faz sentido ligar a uma hora dessas pra dizer só te adoro?

2.º) É humanamente impossível não ter "pitís" durante a TPM.

3.º) Qual o problema em se discutir a relação? Não é dito sempre, para todas as situações, que o melhor é conversar?

4.º) Sexo e amor são a mesma coisa sim. Aliás, por que será que inventaram dois nomes diferentes para o mesmo ato?

5.º) E quem falou que vaidade é pecado?

Mas nem tudo está perdido! Afinal, nós também gostaríamos de ter um relacionamento *a la* John Lennon e Yoko Ono. Uma espécie de conto de fadas moderno.

Ai, ai... As mulheres e seus eternos sonhos de contos de fadas...

O HOMEM E A MULHER

Chegaram em casa juntos.

Ela vinha do salão de beleza. Era manicure.

Ele vinha do escritório de contabilidade.

Ela colocou a bolsa na cadeira.

Ele atirou os sapatos no meio da sala.

A babá foi embora.

Ela foi preparar o jantar.

Ele ligou a TV e navegou entre um programa de entrevistas, um programa para adolescentes, um programa educativo, uma novela, um jornal local e um final de um filme. Resolveu deixar ali mesmo, indo pegar o jornal para ler sobre futebol.

Ela entrou na sala enxugando as mãos e sentou-se ao lado dele, enquanto a comida esquentava.

Pegou o controle remoto e colocou na novela.

Apoiou as mãos no rosto e os cotovelos nas pernas e ficou sonhando com o mocinho que dizia juras de amor para a mocinha.

Olhou pro lado e viu o marido lendo jornal.

Voltou os olhos pra TV e pensou "Como é bonito um homem apaixonado!"

Ele folheou o jornal. Parou em uma coluna social e ficou admirando uma *socialite* de vestidinho preto, cabelos claros e coxas grossas.

Olhou pra mulher, ao lado, de avental e rosto cansado e voltou à página do jornal.

Um choro veio do quarto. Um menino de poucos anos veio andando devagar, ainda acordando e chamando pelo pai.

Ele falou pra ela: "Ah, pega o Júnior um pouco!"

Ela falou pra ele: "Ele quer é você!"

O menino acabou sentando no sofá, no meio dos dois e ficou vendo TV.

Depois, os três jantaram. O menino foi colocado no berço.

Os dois foram se deitar. Nem sequer se beijaram.

Estavam cansados demais para isso, apesar de que ele tinha apenas 23 anos e ela, 18.

SIM, ACEITO

– Jerônima D'Alemberg, você aceita se casar com Augusto dos Anjos?

"E viverem felizes para sempre?" – pensaram os presentes na Igreja, inclusive Augusto dos Anjos, mas "exclusive" Jerônima D'Alemberg, que apesar do nome desgraçado de feio, era bonita de doer.

Não se enganam os que acreditam que para os homens só o que importa nas mulheres é a beleza. Não se importam se elas são trabalhadoras, se são inteligentes e se são financeiramente independentes. E, no caso do indivíduo masculino acima, não importava muito o fato de sua futura esposa ser independente nos relacionamentos. "Ah! Jerônima era bonita demais de ficar olhando..." Já o Augusto, coitado! Era feio de dar dó. Uma coisa horrorosa. Mas era rico. De generosidade, paciência e amor. E para os que pensaram no dinheiro, não há com o que se decepcionar. Ele também era rico em reais e intenções. Boas intenções para com Jerônima, que antes dele, conheceu o Davi.

Davi Carneiro, o carteiro da região norte da cidadezinha (que mais parecia nem possuir região leste ou oeste). Ele chegou de mansinho – talvez por medo de cachorro – para lhe entregar carta de Pedro. Ao pegar a carta, já pressentindo as más notícias que poderiam estar dentro dela, Jerônima bateu os olhos nos olhos do carteiro (os quais já estavam nela) e resolveu ser gentil. Convidou Davi para entrar em sua vida. E consolá-la da decepção amorosa atestada na carta de despedida de Pedro.

O famoso açougueiro Pedro Alejo, pai de oito filhos, casado e do qual Jerônima fora amante. Conheceram-se no dia em que a bela, vestida de chita, foi ao açougue comprar traíra para o almoço. O amor à primeira vista dos dois, confirmou-se no jantar. Coitada da Dona Maria, esposa do açougueiro. Jantou sozinha com os oito filhos, os quais só viram Pedro na manhã seguinte. Quando iam para a escola, se encontraram com o pai, que vinha da zona norte.

O romance até que durou muito (três meses), mas não teve final feliz porque Pedro acabou descobrindo que Jerônima ainda saía com Guidovaldo. E, ao invés de descer a faca no rival preferiu juntar a família nas trouxas e se mudar de cidade. Sem se esquecer de noticiar à "ex" seu feito, na carta entregue por Davi. E sem se esquecer também dela. "Ah... Jerônima era bonita demais para se esquecer..."

Coitado de Pedro. Mal sabia ele que a D'Alemberg só estava usando Guidovaldo para se esquecer do verdadeiro amor de sua vida, Luís Jerônimo. O qual a conheceu, a amou, se cansou e casou com Tereza, com quem teve um filho, o Luís Jerônimo Filho, afilhado de Davi.

Davi, o carteiro que largou Jerônima por causa de ciúmes da carta de Pedro, que teve ciúmes de Guidovaldo, que teve raiva de Luís Jerônimo que também a deixou pra lá. Lá onde Augusto dos Anjos, o feio, a achou e pegou para cuidar, proteger e amar até que a morte os separasse.

– Aceita? – insistiu o padre.

A bela pensou na decepção que daria ao futuro marido, caso admitisse seus verdadeiros sentimentos e intenções, e achou melhor responder:

– Sim, aceito.

Arranhãozinho de Nada

Bum!

– Ai, meu Deus!

Marcela tinha marcado em uma mesma tarde: cabeleireira, costureira e aula de pátina, além de ter que buscar os dois filhos na escola – cada um em sua escola. Quando chegou na do mais velho, aconteceu o desastre: bateu o Siena novo do marido num poste. No susto, descabelou-se, rasgou a blusa que vestia, além de sujar os filhos de tinta. Deu um "pití", sapateou no asfalto e quebrou o salto. Do pé esquerdo. Sentou-se no meio-fio. Coitada! Em cima de um monte de 'pi!' de cavalo. O filho, com pena, foi consolar:

– Ah, mamãe, pára de chorar. Foi um arranhãozinho só, ó.

– Na porta do motorista. – completou a caçula.

Quando Jorge José, o marido, visse aquilo... Coitada!

Marcela levou o carro pra oficina, mas o mecânico sentenciou:

– Hum... Três dias, com sorte, dona. Olha só a fila de espera.

No caminho de volta pra casa, viu um comitê político de um candidato a prefeito pelo PSDB. Teve uma idéia. Parou o carro, entrou no comitê e voltou com um adesivo gigante, colando-o na porta arranhada.

– E quando passar a eleição, mamãe? – perguntou a caçula.

– Até lá dou um jeito.

Chegando em casa, a filha menor quis saber:

– O que tá escrito aqui?

– É da gente – leu o irmão.

– E aqui?

– PSDB.

– Ô, mamãe. O papai não é do PT? – encucou-se a caçula.

– Ai, Virgem Maria! – exclamou a mãe, arrancando o adesivo do carro e deixando na porta, além do arranhão, uma grande marca de cola.

O telefone tocou.

– Mamãe, é o papai – noticia a filha, que mais parecia pombo-correio de más notícias.

– Oi, Jorge!

(...)

– Nervosa, eu? Imagina.

(...)

– Só depois das onze? Que bom!

(...)

– Não, amor. Que bom é que você me ligou pra avisar.

Marcela aliviou-se um pouco. Chegando pela noite, o marido não veria nada. Mas pela manhã:

– Marcela! O quê que é isso?

– Hã?

– Que arranhão é esse na porta do Siena?

– Não sei, querido! Como isso foi parar aí?

Os filhos acordaram.

– Talvez a pessoa que ficou com o carro ontem, o dia inteiro, possa me explicar!

– Não foi você, mamãe? – perguntou a caçula. Ao que levou como resposta, um chute no calcanhar, dado pelo irmão.

A mãe começou a chorar:

– Acho que você não ia entender...

– É que mamãe foi me pegar na escola e eu colei um adesivo bem grande do PSDB no seu carro, papai. Aí, a mamãe lembrou que o senhor era do PT e mandou tirar – tentou explicar o menino.

– Até aí, vai lá. Mas e esse arranhão?

– É que eu achei a foto bonita e depois que o Diogo arrancou, eu fiquei com raiva e joguei a merendeira nele – resolveu, finalmente, colaborar a caçula. – Mas ela bateu foi na porta do carro.

– E uma merendeira ia fazer isso?

– Acho melhor a gente não comprar mais nada de alumínio pra eles, né? – propôs a mãe.

V& T Corporation

Eram duas grandes amigas: a Vaidade e a Traição.

A Vaidade era mais saidinha. Estava em todos os lugares.

A Traição aparecia um pouco menos. Mas em qualquer lugar que fosse, a Vaidade havia chegado primeiro.

A Vaidade era alta, bonita, elegante.

A Traição era baixa, traiçoeira, dissimulada.

Embora fossem intimamente ligadas, de vez em quando, se desentendiam. A Traição também era vaidosa e a Vaidade gostava bem de uma traiçãozinha.

As duas uniram-se nos tempos da Criação e, desde lá, possuem mais clientes do que a Coca-Cola e a Microsoft juntas. Afinal, quem no mundo não é vaidoso ou já traiu alguém?

Juntas, fundaram a *V&T Corporation*, sendo Vanity and Treason as sócias majoritárias.

Talvez, quando os cientistas decifrarem o genoma, lá irão encontrar um gen V e um gen T incrustados no DNA dos humanos. Pois, por suas causas aconteceram os grandes conflitos do mundo, como as guerras mundiais e a guerra fria. E também, grandes catástrofes, como o holocausto e o 11 de setembro.

E, por suas causas, acontecem, cotidianamente, os conflitos entre as pessoas, que podem parecer pequenos, mas que machucam muito.

PELA EVOLUÇÃO DO MUNDO

O Mundo, com certeza vai ser melhor, quando:

- Os homens aprenderem a dar descarga. E, se não for pedir muito, antes de darem descarga, aprenderem a levantar a tampa do vaso.
- Os homens pararem de mentir (Nossa! São tantas as mentiras que os homens contam!).
- Os homens fizerem questão de lavar vasilha.
- Os homens pararem de arrotar e cuspir no meio da rua.
- Os homens engravidarem, no lugar das mulheres.
- Os homens sofrerem por amor.
- Os homens pararem com a ilusão de que são mais inteligentes do que as mulheres.
- Os homens lavarem as próprias cuecas.
- Os homens pararem de cutucar os dentes com palito, depois do almoço.
- Os homens pararem de coçar as "encomendas", em público.
- Os homens fizerem as unhas e depilarem as axilas.
- Ou seja, o mundo só será melhor, quando os homens se parecerem, nem que seja só um pouquinho, com as mulheres.

CCM

Mariana Medeiros de Souza Leite. Vulgo Corna Mansa. Só para você, leitor. Pois até o presente momento, ninguém mais está sabendo.

Reuniram-se numa quarta-feira. Na Globo, futebol; no SBT, Ídolos. Sendo assim, as cinco, mesmo tendo namorado, mas não tendo nada para fazer, foram pro quarto de Mariana.

– Buraco.

– Não.

– Orkut.

– Não.

– MSN.

– Pode ser, mas...

– Jogo da verdade.

– Yes!

– Quem começa? Quem começa?

– Nada disso. Vamos girar esse xampu aqui.

Tcham, tcham, tcham, tcham...

– Paty!

– Você é virgem?

– Oh! Aí, não vale. É golpe baixo. Tem que começar das mais fáceis.

– Mas você é a mais fácil daqui. Até o xampu sacou isso.

– Fernanda!

– Responde, responde. Se não vai pagar mico, hein?

– Claro que não!

– Vai sim. Quem não responde ou mente, paga mico.

– Oh, estúpida! Claro que não sou virgem.

– Ah... Então roda o xampu aí.

Tcham, tcham, tcham, tcham...

– Fernanda!

– Você já ficou com homem casado?

– Pegou pesado, hein?

– Não vem não, que foi você quem começou.

– É. Pára de enrolar e responde.

– Não. Não fiquei.

– Mico! Mico! Mico!

– Fernanda, todo mundo sabe que você fica com o Antônio da Ana Paula.

– Então pra quê que perguntou?

– Não interessa! Vai ter que imitar um mico com diarréia.

Depois de rirem bastante da amiga, rodaram o xampu novamente.

Tcham, tcham, tcham, tcham...

– Vivi!

– Você gosta do Lucas?

(...)

– Ah...

– Responde, Vivi. Ah, o mico!

– Cês já sabem.

– Responde!

– Tá bom. Gosto. Que saco!

– E, Vivi, vê se tem esportiva. E roda o xampu.

Tcham, tcham, tcham, tcham...

– Melissa!

– Você já fez cauterização?

– Pô!

– Responde! Responde!

– Já, droga!

– E, por quê? Por que fez muito ou por que fez com muitos?

– Aí, não vale, bobona. Já respondi minha pergunta – respondeu rodando o xampu.

Tcham, tcham, tcham, tcham...

– Mariana!

– O Sandro já te traiu?

Lembrou-se do sábado em que eles combinaram de ir a um motel e, na última hora, ele ligou dizendo que teria que viajar. O tio viera pra cidade, sua moto havia estragado e ele tinha que encher a laje do filho do patrão no domingo cedo. Senão, seria demitido e seus doze filhos passariam fome. Daí, alguém teria que levá-lo pra roça de volta no sábado à noite, onde estranhamente celular não pegava e não havia nenhum telefone.

– Já?

Pior: só tinha uma pessoa para levá-lo: o Sandro. Depois de ligar trinta e duas vezes pro celular dele e, finalmente desistir, conformou-se. Lembrou-se de que o Sandro jurou pelo pai e pela mãe que nunca a trairia com a Camila, sua *ex* (a qual, um dia, prometera em sua cara, que faria o Sandro lhe trair).

– Já que tá demorando tanto, vou mudar a pergunta: o Sandro já te traiu com a Camila?

Apesar da jura, a *ex* conseguiu. No dia do tio, do patrão, da laje, dos doze filhos e do blá, blá, blá todo, acabou descobrindo que o Sandro a traiu sim. Não com a Camila, mas com a prima dela, a Alexsandra.

No entanto, como ela gostava muito do Sandro, fingiu acreditar na fome das criancinhas e teve que responder:

– Com a Camila, não. Tenho certeza!

Formou-se um silêncio no quarto. Pois as quatro ficaram na dúvida se Mariana falara a verdade ou não. Uma vez que, as quatro escondiam, umas das outras, pelo menos uma traição que sabiam de seus namorados. Todas as quatro!

Por via das dúvidas, preferiram não render assunto.

Nesse momento, foi fundada a secretíssima CCM (a Companhia das Cornas Mansas).

E as sócias majoritárias preferiram suspender o mico.

CCMIS, MAN!

Sandro Ferreira Barros. Vulgo Corneador. Não tão manso, muito pelo contrário, ligou pra Mariana, na quinta-feira:

– E, então, cê pode no sábado?

– Ah, assim?

– Assim como?

– No duro? Ah! Assim não gosto.

– Não?

– Não!

– Poxa, Mariana! Cê tá virando sapatão?

– Sandro! Não gosto é de marcar antes. Cê sabe!

– Mas eu não tô agüentando mais.

– Sandro, tem só uma semana que a gente fez.

– Só?

– É, só uma!

– Só uma nada! São sete. Sete dias, Mariana!

– Mas sábado passado, também foi combinado. E eu não gosto de combinar antes.

– Vai ver é que você não quer mais fazer comigo.

– Não falei isso.

– Mas pelo jeito...

– Pára de mudar minhas palavras.

– Tá bom, tá bom. Então, a gente marca pra sábado, mas você finge que não tá sabendo de nada.

– Ah, assim é bem melhor.

No sábado, aconteceu a tal história dos parágrafos 57 e 59 da crônica anterior.

E, no domingo, encontraram-se. Ela, louca para dar-lhe um beijo. Ele, fingindo que não tinha acontecido nada. Ela vinha de casa. Ele vinha da roça (pra ela).

Mas, duas semanas depois, a mentira encurtou as pernas e aconteceu a revelação do parágrafo 61 da crônica passada, quando a Camila, a *ex,* encontrou, por acaso, com a Mariana, justo em frente à casa da corneada, quer dizer, da coitada:

– Não falei?

– Não. Não ouvi você falar nada.

– Mas vou falar.

– E quem disse que eu quero ouvir?

– Além de corna, é surda?

– O quê?

– Não falei: SURDA!

– E o quê mais?

– Corna.

– Ah, vê se se enxerga!

– Pois enxerga você isso – e mostrou–lhe uma foto do Sandro beijando a Alexsandra.

– E quê que tem isso?

– É cega também? Sabe em que dia foi isso? O dia do tio, do patrão, da laje e dos doze filhos.

– Ah, então era verdade mesmo?

– Ai, meu Deus! Corna, surda, cega e burra! O quê que o Sandro viu em você, hein?

– Não sei. Mas me dá isso aqui.

Era uma sexta-feira.

Mariana não conseguia acreditar. Será que o tio do Sandro nem tinha doze filhos?

À noite encontraram-se. Ele, louco para dar-lhe um beijo. Ela, fingindo que não tinha acontecido nada.

– Mariana, aconteceu alguma coisa?

– Eh, né...

– O quê? Cê ficou com outro?

– Não, mas... – abriu a bolsa, onde estava a foto.

– Quer ficar?

– Ih, que papo enjoado – calou-se.

Fechou os olhos e não conseguiu se imaginar ficando sem ele. Não conseguiu se imaginar sozinha no cinema, nem na danceteria, nem na saída da escola, nem na Igreja. Não conseguia, de maneira alguma mais, se imaginar sozinha.

Fechou a bolsa e preferiu não fazer parte do MMSN (o Movimento das Mulheres Sem Namorado).

Somente abraçou o Sandro, inaugurando uma filial da CCM, a CCMis, Man (a Companhia das Cornas Mansas Imbecis Sim, Mas Abandonadas Não!). A qual, fez carreira...

BONITA, EU? BRIGADA!

Angélica era gorda, baixa, estrábica, dentuça e tinha cabelos palha de aço.

Aos quinze anos.

Diego era magro, alto, bonito, tinha olhos verdes e lindos cabelos loiros lisos.

Desde que nasceu.

Encontraram-se, aos vinte e três anos.

Mas, antes, Angélica fez regime, lipoaspiração e cirurgia corretiva de visão. Usou aparelho "arreio-de-burro" e fez alisamento japonês. Só não deu jeito mesmo na altura. Mas, aí também, já é demais, né?

– Ai, Diego, às vezes fico pensando...

– Em quê?

– Se a gente estaria juntos, caso a gente tivesse se conhecido antes.

– Por quê?

– Por nada.

– Você acha que não gosto de você o suficiente?

– Não, não é isso.

– Então. Ainda mais que você é tão bonita!

– Eu?

– É. Você.

– Ah, brigada.

(...)

– E se não fosse?

– Ah, mas é.

Ah! Esqueci de escrever! Antes de se conhecerem, além de Angélica passar por verdadeira transformação, ela fez uma fogueira. E das grandes, com todas as suas fotos antigas. Afinal, quem é que iria querer se lembrar daquele passado horroroso?

– Angélica, vamos pro rodeio?

– Pode ser. Mas tenho que tomar banho ainda.

– Tá bom. Eu espero.

– Então, senta lá na sala com a mamãe, pra ver TV, enquanto isso.

Tomou banho feliz da vida, apreciando o corpo esbelto, os cabelos lisos e os dentes perfeitos. Como amava o Diego... E o melhor, ele também a amava, do jeitinho que ela era... agora.

Toc, toc, toc.

– Quem é?

– É a Bárbara!

– Bárbara, não acredito! Entra. Nossa! A Angélica vai ficar boba quando te ver.

– Ô, dona Madalena, quanto tempo!

– É mesmo, minha filha. Já tem quantos anos que você se mudou?

– Sete anos, dona Madalena.

– Nossa! E você não mudou nada, menina! Continua linda!

– Ah, brigada.

– E a Angélica?

– Mudou bastante.

– E cadê ela?

– Tá no banho. Já, já, tá aqui.

Meia hora depois...

– Bárbara!

– Oi, tudo bem?

– Uai! Não tá me reconhecendo?

– Não.

– Bárbara! Sou eu, Angélica!

– O quê?

– Sou eu, Angélica. E esse é meu namorado, o Diego.

– É, sua mãe me apresentou.

– Diego, essa era a minha melhor amiga.

– Sua mãe me contou.

– Nossa! Quase não te reconheci. Você tá tão...

– Tão?

– Bonita...

– Ah, deixa disso. Me conta. E as novidades?

– Ó, tenho um monte. Mas, antes, vim te mostrar uma foto nossa na sua festa de quinze anos, que achei na casa da minha tia.

– O quê?

– Ah! Deixa eu ver, amor?

– O quê?

– Deixa eu ver, benzinho. Cê nunca me mostrou uma foto sua de quando era mais nova.

Angélica ficou verde, azul, roxa. Quase parecida com o vestido de "repolho roxo" que usava na foto. Mas, como amiga que é amiga de verdade, continua amiga, mesmo que o tempo passe, Bárbara disfarçou:

– Ai, Angélica! Que idiotice a minha. Não é que eu trouxe a foto errada?

EU QUERIA SER...

... o seu caderninho...

Quem for da década de 70 do século passado (pra baixo), com certeza, irá se lembrar dessa música.

Mas, quem for mulher, com certeza, irá é querer ser como eu. Quer dizer, sonhará, em um dia, como eu, em ser uma mosquinha.

Ou um ratinho, uma aranha, uma pulga... ôpa! Será que pulga tem olho? Se tiver, deve ser muito pequenininho e não deve servir para ver tudo, tudinho que os homens vêem em uma boate!

– Ô, meu Deus! O que será que os homens vêem nas benditas das boates?

Quer dizer:

– Ô, Diabos! O que será que os homens vêem nas malditas das boates?

O que fazem os homens trocarem suas namoradas, esposas e até amantes pelas boates?

E pior: o que faz os homens gastarem rios de dinheiro nelas?

Resolvi dar um jeito nisso: fui ao médico e paguei o mico de confessar-lhe que se ele não me desse um remédio, urgentemente, eu iria morrer de curiosidade.

– Mas por que, minha senhora?

– Porque passei trinta e nove anos da minha vida tendo que agüentar cinco namorados, dois noivos e um marido falando, em meus ouvidos, que o maior prazer da vida deles foi ir a uma boate.

– E...?

– E daí que eu preciso saber o que é que tem, então, de tão extraordinário em uma boate! Ou vou morrer de curiosidade. A não ser que o senhor me dê um remédio.

– Mas, minha senhora, não existe remédio contra a curiosidade.

– Não?

– Não. Ainda não inventaram nada...

– Por falar nisso, doutor... o senhor já foi em uma boate?

– O quê?

– Ai, desculpa, doutor! Mas pode ficar tranqüilo. Não sou parente, amiga, nem detetive contratada por sua esposa.

– Eu sou viúvo, minha senhora.

– Melhor ainda.

– O quê?

– Ai, desculpa de novo, doutor! É porque assim o senhor não precisa desconfiar de mim.

– Mas eu nunca desconfiei da senhora.

– Não?

– Não.

– Então, o senhor confia em mim?

– Bem... é claro.

– Se é assim, doutor, o senhor já tem o remédio pra minha doença! Já que confia em mim, pode me contar qual é o segredo massônico e irrevelável das boates.

– Mas minha senhora! Não há segredo algum!

– Ora, doutor! Não me faça de bobo! Se não houvesse segredo, as mulheres não seriam proibidas de entrar lá!

– E quem falou, minha senhora, que é proibida a entrada de mulheres em boates?

– Não é?!

– Claro que não!

– Ai, não acredito! Trinta e nove anos e quase morro de curiosidade à toa!

– Pois é.

– Pois é, nada, doutor. E qual é a mulher, nessa vida, que terá coragem de entrar em uma boate?

– Que tal... a senhora?

– Eu?

– Isso mesmo.

– Olha aqui, doutor! O senhor me respeita! Vê se eu tenho cara de mulher que vai à boate?

– Cara, não. Mas de corpo a senhora tá batendo um bolão!

– Doutor!

– Estou só brincando, minha senhora.

– O quê? O senhor quer dizer, então, que meu corpo é feio?

– De maneira alguma.

– Hum... E é parecido com o delas?

– Delas quem, minha senhora?

– Das mulheres da boate.

– Ora, essa! Não vou falar pra senhora sobre minhas intimidades!

– Ó, não falei! Só pode ser segredo de Estado!

LIGEIRAMENTE GRÁVIDA

– Ginecologista?

– Isso. Terça-feira, às 17:30h.

– Mas mamãe!

– Mas o quê?

– Eu tenho vergonha.

– Vergonha de namorar você não tem, né?

– E quê que uma coisa tem a ver com a outra?

– Maria Eduarda! Não tá me achando com cara de boba, tá?

– Além do mais, a senhorita já tem 22 anos.

– Papai!

– Veja só, Antônio! Com 21, a filha da Bernadete já tem um filho e a filha da Carminha está grávida de sete meses! Não se fazem mais meninas como antigamente...

"Ai, meu Deus! Será que o ginecologista da mamãe aceita suborno?"

– Ah, não, mamãe! Não vou!

– Maria Eduarda! A senhorita está me escondendo alguma coisa?

– Eu não, mamãe. É que...

– É que?

– É que...

– Não me decepcione, filhinha.

– É que eu não quero consultar com homem, mamãe!

(...)

– Faz sentido. Vou marcar com a esposa dele, então. Tudo bem assim?

– Ah, aí sim.

"Ufa! Fazer uma chantagenzinha emocional com mulher é bem mais fácil!"

– Também, Antônio, não é à toa que a filha da Bernadete já tem um filho. A menina só saía à noite com o namorado. E voltava pra casa quatro horas da manhã!

– É?

– Ainda bem que Maria Eduarda só sai com o José Carlos, durante o dia.

– Pois é...

– E a filha da Carminha que só namorava na garagem do pai dela, Antônio!

– É?

– Ainda bem que Maria Eduarda e o José Carlos só namoram dentro de casa.

– Pois é...

– E a Carolina, aquela garotinha de 16 anos, filha da Marilú, Antônio! Cê não acredita: tá grávida!

– É?

– Mas também! Até viajar com o namorado, a Marilú deixava. Ainda bem que Maria Eduarda e o José Carlos só viajam se a gente estiver junto, né, Antônio?

– Pois é...

– E, pior: fiquei sabendo que a Eliete, aquela menina que a Lucimar adotou, perdeu o filho com cinco meses de gravidez, de tanto que saiu de madrugada, no sereno, Antônio!

– É?

"Ai, se mamãe soubesse que já fiz dois abortos!"

– E a filha da Tereza que já toma anticoncepcional, com 13 anos, Antônio!

– É?

"Ai, se mamãe soubesse que já tomei a pílula do dia seguinte!"

– Só tenho pena mesmo é da Conceição – cochicha – a filha tá com sífilis. Os filhos não usam camisinha e os pais é que sofrem, Antônio!

– Pois é...

"Ai, se mamãe soubesse que semana passada é que curei de uma gonorréia!"

– E a filha da...

– Mamãe! Olha a língua!

– Por que, Maria Eduarda? Só ia contar pro teu pai que a filha da Lúcia tá grávida. Meu Deus, Antônio! A menina só tem 14 anos e não é virgem mais! Cê não ia dar um desgosto desses pra gente, não é, Maria Eduarda?

– De ficar grávida, mamãe? Credo! Claro que não!

IMPRESSO NA GRÁFICA sumago

sumago gráfica editorial ltda
rua itauna, 789   vila maria
02111-031   são paulo   sp
telefax 11 **6955 5636**
sumago@terra.com.br